나는 죽은 사람이다

이경교

시인의 말

손을 좀 다오 그림자가 손을 내밀었다 저 손을 잡아야 하나 머뭇거리는 사이 밝은 빛이 스며들었다 눈을 떴으나, 다시 환한 꿈이 계속되었다

2023년 정월

이경교

나는 죽은 사람이다

차례

1부 내 이름을 부르는 소리

2부 나는 네 아비의 혼령이다

3부 나는 분명 이곳을 지나간 적이 있다

4부 울음을 기다리는 곳

해설

1부

내 이름을 부르는 소리

옻나무

아버지는 옻나무를 사랑했다 집 곁에 여러 그루 옻나무를 심었다 그가 가장 좋아한 음식은 옻나무 새순이었다 붉고 싱싱한 옻나무 새순은 단맛이 났다 아버지는 옻을 타지 않았다 인민군에 끌려갈 때 옻독에 취했기 때문이라고 했다 그는 옻나무를 생명나무라고 불렀다

단풍철이면 옻나무 단풍이 가장 붉었다 유혹처럼 요염한 옻나무 단풍, 독이 있는 건 모두 아름답단다 꽃뱀이나 양귀비를 보렴, 아버지는 말했다 독은 사람을 죽이지만 병을 치유하기도 한단다 아비를 살린 것도 독이잖니?

가을 산에서 옻나무 단풍을 본다 옻나무 단풍이 가스등을 매달고 서 있다 제 몸을 비추는 저 붉은 독毒! 생명나무가 제 몸을 태우고 있다

나는 죽은 사람이다

아비는 죽은 사람이다 아버지는 입버릇처럼 말하곤 했다 징용에 차출되어 탈출할 때, 죽을 고비를 제대로 넘겼지 이제 나는 식민지인이 아니다! 기쁜 눈물이 마르기도 전 다시 6·25가 터진 거야 이번엔 인민군에 끌려가게 되었지 산기슭에서 단체로 똥을 누고 있었지 상상이 되니? 숲 그늘마다 빼곡히 앉아 똥을 싸는 청년들…… 내장까지 다 버리고 싶었지 외로움의 빛깔은 어스름 빛이란 걸 알았지 문득 눈앞에 옻나무가 환하게 서 있더구나 어스름이 등불로 바뀔 때도 있지 그게 뭘 의미하겠니? 마지막이라고 생각했지 옻나무 순을 꺾어 천천히 밑을 씻었단다 밑이 뜨거워진 건 옴이 내장을 적셨기 때문이지 내장인들 얼마나 놀랐겠니? 온몸이 불덩이였지 좁쌀 같은 발진이 혀와 동공을 뒤덮었을 때, 죽은 나를 버리고 그들은 떠났단다 그때 아비는 죽음과 내기를 한 거야 아비는 부활을 모르지만, 죽은 뒤 누가 내 이름을 부르는 소리는 들었지 마른 등불, 혹은 끈끈한 옻나무 진, 그 사이로 흐르는 하얀 목소리, 그 흰빛에 싸여 부활은 천천히 걸어왔단다

죽음에게 시비를 걸다가 호되게 당했지 불경스럽게 말하자면 나는 우리 고을에서 최초로 부활한 농부였으니까

턱이 말을 할 때

네 아비가 끌려간 곳으로 할미는 무작정 따라갔지 신들린 무당처럼 밤낮없이 걸었지 마침내 일장기가 펄럭이는 운동장에 당도했지 많은 사람들, 어지러운 웅성거림, 다른 세상 같았지 하늘이 빙빙 돌았단다 땅바닥에 앉아 있는 젊은이들 눈동자가 한꺼번에 뒤를 돌아다봤지 그때 할미는 어디선가 들려오는 새끼 새들의 신음을 들었지 짧은 한순간의 합창이 끝났을 때 아비와 눈이 맞았지 짧은 눈맞춤, 불꽃처럼 이야기를 주고받았지만 할 말이 남았지

일본군 지휘관의 카랑카랑한 목소리가 주파수 잃은 잡음처럼 웅웅거렸지 어미 새들은 다 어디로 갔을까 새끼 새들의 눈망울엔 먹구름만 가득했지 누가 등을 두드리면 한 달 열흘 폭우가 쏟아질 것 같았지 아비가 순식간에 고개를 돌려 턱을 한번 끄덕였지 그게 끝이었지 턱이 하는 말을 처음으로 알아들었지 턱은 단단하고 눈보다 미더웠지 턱은 확고하고 입보다 많은 말을 들려줬지 새들도 강아지들도, 심지어 추운 나무들도 턱으로 말을

한다는 걸 할미는 그때 알았지

1925년생 1*

아무도 묻지 않았네 그의 이름을, 누군가 산의 이름이나 강의 이름을 물을 때 그는 그냥 조센징이란 보통명사로 불렸네 그도 묻지 않았네 이윽고 당도할 기차역은 물론, 자신의 이름도 묻지 않았네 이름이란 어차피 껍질이거나 넝마에 불과하므로

돌봐야 할 몇 포기 농작물을 남겨 둔 채, 1944년 여름 그는 징용에 끌려갔네 얼굴도 모르는 천황 폐하를 위해 죽을 순 없었네 탈출은 아무나 하는 게 아니네 탈출은 혁명과 한뿌리이므로, 탈출은 아무 때나 하는 게 아니네 탈출의 다른 이름은 부활이므로, 그때 떠난 이들은 죽고 없으므로 아무도 1944년을 기억하지 않네

6·25가 터지고 인민군에 끌려갔네 홀아비 딱지를 떼고 다시 신부를 맞이한 지 반년이었네, 나는 돌아온다고 어린 신부에겐 고하고, 그는 1952년 그 어두운 여름 북쪽을 향해 떠났네, 아무도 그의 이름을 불러 주지 않았으므로, 그는 남쪽으로 향했네

* 누구도 출생을 선택하지 못한다. 1925년생도 마찬가지다. 이들의 경우 식민지인으로 태어나 1944-1945년 징용되었다. 이들은 함북 나남 24사단에 배속되어 거의 다 전사했는데, 그때 탈출한 이들은 6·25 때 다시 인민군으로 북에 끌려간 뒤 소식이 끊겼다.

1925년생 2

안군은 1925년생 내 친구지, 어느 날 아침 안전安田이 되었지 아니 야스다가 되었지 야스다는 내가 징용으로 끌려갈 때 못 본 체했지, 지서 주임 가와노川野의 별명은 몽둥이, 내 친구 야스다의 별명은 끄나풀, 그도 유대인 유다처럼 남몰래 울었을까, 야스다는 옛 주인집 마님을 욕보이고 마을에서 사라졌지

6·25 때, 인민군 앞잡이로 야스다는 돌아왔지, 아니 본래의 안군이 되어 있었지, 따발총을 들고 내 심장을 겨눴지 총부리에 밀려, 나도 인민군이 되었지 내가 옻독에 취해 쓰러졌을 때, 안군은 내 머리맡에 따발총을 갈겼지

안군은 정녕 영웅이 되었을까, 훈장을 주렁주렁 매단 안군이 등장하는 꿈, 배를 잔뜩 내밀고 악수를 청하는 두툼한 손바닥, 다시 보니 안군은 얼굴빛이 창백했지 두 눈이 붉었지

괜찮을 거야, 그는 언제나 여럿이었으니까

큰어머니

그때 그녀 나이 스물, 꽃처럼 벙그는 나이였다 징용에 끌려간 남편은 행방불명이라고 했다 함께 잡혀간 이들의 전사 통지서가 배달되었지만, 남편은 소식이 없었다 그때 그녀 나이 꽃 같은 스물이었다

일 년이 지나도 남편은 오지 않았다 어지러운 소문만 무성했다 남편은 죽은 거라고 했다 꿈속에 남편이 나타났다 웃고 있었지만 슬픈 얼굴이었다 꼭두새벽 그녀는 강물 위에 몸을 던졌다 남편의 얼굴이 거기 있었다 그녀의 영혼이 흰나비가 되어 날아갔다

남편은 살아서 돌아왔다 꽃상여가 출렁출렁 강을 건너고 있었다 남편은 걸음을 재촉했다 고향 집 마당에 조등이 걸려 있었다 오 안 돼! 아버지, 어머니! 아내는 꽃처럼 벙그는 나이였으므로, 남편은 상여 속 인물을 짐작도 못 했다

강물

강물 위에 누워 있는 그녀는 물의 방에 누워 있었다 그보다 화평할 수 없었다 가쁜 숨결은 모두 허공에 던져 두고 슬픔도 물결 속에 묻어 두고, 시련이 모두 멈추는 순간이었다

강물 위에 떠 있는 그녀의 얼굴 위로 물결 몇 가닥이 머리카락을 따라 흘러내렸다 깊은 잠이었다 허공만 꿈틀꿈틀 그녀 대신 움찔거렸다 정지와 운동 사이로 허공이 끼어들었다 역사와 운명 사이로 끼어드는 사건처럼, 삶과 죽음 사이로 그어진 시퍼런 물 금처럼, 그의 이름이 물에 젖어 명부에서 떨어져 나가고, 구름 몇 갈래 따라 흘러가고 있었다 흘러가고 돌아오지 않았다 큰어머니!

그녀는 들끓지 않았다고, 사람들은 말할지 모른다 그녀가 너무 뜨거워 강물을 선택했다는 걸 모른 체할 수도 있다

눈병

길 끝에 햇살이 한 줌 떨어져 있었다 무슨 징조 같았다 가로수 그림자가 얼룩을 만들었다 암울한 조짐 같았다 햇살은 얼룩 위로 번지고 있었다 그 얼룩을 골라 밟으며 아버지는 징용에 끌려갔다 눈병이 심한 큰어머니는 피눈물을 흘렸다

눈병이 탈출의 신호인 줄 아무도 몰랐다 그 드라마는 눈병에서 출발했다 감염자인 아버지를 보류자로 만들었으니까 전염이 두려워 감시도 느슨했으니까 눈병에서 마침내 반전이 이루어졌다

그 눈병은 해방과 함께 재발했다 아버지가 살아서 돌아온 그날, 큰어머니의 꽃상여는 떠났으니까 그 드라마의 끝도 눈병이었다 아버지의 두 눈에서도 피눈물이 흘렀으니까

순사와 유령

할머니는 경찰을 순사라고 불렀다 구십 평생 그 호칭을 바꾸지 않았다 순사들이 놋그릇, 놋요강, 숟가락, 젓가락, 쇠붙이란 쇠붙이는 모두 빼앗아 갔지 순사들은 강도였지 순사들이 처녀들을 잡아가고 탈영병을 쫓아다녔지 순사들은 짐승이었지 순사들은 범보다 무서워 우는 아이도 울음을 그쳤지

네 아비가 유령처럼 나타났을 때 할미는 두 눈을 의심했지 큰어미 상여가 나가던 날이었으니까 갑자기 해방이 된 날이었으니까 기가 막혀 나타난 혼령인 줄 알았지 얼굴이 백지처럼 창백했으니까 넋 나간 귀신처럼 서 있었으니까 할미도 이미 유령이었으니까 무서운 순사들은 보이지 않고 아무도 유령을 쫓아내지 않았지

유령들의 잔칫날인 줄 알았지 누군가 울고 있을 때, 한쪽에선 덩실덩실 춤판이 벌어졌으니까

기일忌日

신혼의 남편은 징용에 끌려가고 남편은 해가 가도 소식이 없었지 자식도 없이 강물에 몸을 던진 큰어머니는 아버지의 첫 부인이었지 그날이 광복 사흘 전이었지

큰어머니 기일이면 아버지는 독방에서 밤을 보냈지, 두 번째 아내인 울 엄마*는 그녀가 불쌍하다고 제사상을 차렸지

어린 시절, 독방 문을 열면 두런두런, 아버지는 누구와 대화를 나누는 중이었을까, 아버지 들어가도 돼유? 문밖의 어둠이 무서워 울먹이면 아버지는 나를 꼬옥 안아 주었지

아버지와 함께 잠든 방, 향불이 사위고 나면 흰옷 입은 큰어머니는 내 머리를 쓰다듬어 주곤 했지, 젊고 예쁜 손길이었지 그 꿈이 깰까 봐 나는 눈을 뜨지 않았지

* 1933년생, 열여덟에 스물여섯 홀아비와 결혼하여 5남매를 두었다.

그가 죽어 누워 있을 때

그 환한 방, 그의 얼굴 너무 하얘서 시퍼렇게 누워 있었네

새 한 마리 울며 가는지 허공은 어수선하게 풀어지고, 이리저리 조각난 구름 흩어지네 공기와 햇살이 먼지에 섞이네 어느 고랑을 넘어왔는지, 흩어진 얼굴 하나 흰 천에 덮여 있네 공기는 닫힌 문안에서 우네 후회한다고 부끄럽다고, 공기는 그를 대신해 우네

나무들은 차례로 쓰러지고, 공기와 먼지들도 증발하고, 그의 빈 가방과 낡은 구두만 남았네 언젠가 내가 메던 가방과 내 발에 딱 맞는 구두 한 켤레, 못다 한 말이 남았다고, 할 말이 없다고, 가방과 구두가 낯을 붉히네

그는 왜 하필 그때 태어났을까? 그의 가방엔 무엇이 들어 있었을까 그는 언제 이곳을 다녀간 걸까 그가 정말 오기는 했던 걸까

환한 방 한가운데 시퍼런 강물처럼 내 얼굴이 떠올랐다가 사라지네

아버지 1925-1998

그는 농부였을까 작가였을까 평생 농부였으나 생의 마지막 몇 해를 작가로 산 사내 징용에서 살아남고 인민군에서 도망친 남자, 징용으로 아내를 잃고 새 아내를 남겨 두고 인민군에 끌려갔던 남편

옻나무를 사이에 두고, 사건을 반전으로 뒤집은 그의 드라마, 그가 사랑했던 옻나무 새순의 싱싱한 그 맛

생의 마지막엔 언어마저 잃고 스스로 침묵 속으로 걸어 들어간 사내, 살아남은 게 부끄러웠다고 그는 썼지 마치 브레히트를 읽은 사람처럼 그렇게 썼지 브레히트야말로 도피의 달인이었으니까 유대인 친구들이 차례로 죽어 갈 때 신출귀몰, 동서 반구를 떠돌며 끝내 살아남아 「살아남은 자의 슬픔」을 썼으니까

일천 매의 수기가 끝났을 때, 더는 버틸 힘을 잃고 그는 원고지 위에 고개를 묻었지 길고 긴 한 시대가 저물고 있었지 그렇게 모든 게 끝이 났는가? 아아니, 비로소

이야기는 거기서 다시 시작되고 있었지

탈출기

부대는 동북으로 떠났네, 나 혼자 서남향으로 걸었네 걷다가 뛰었네 지구 끝까지 가고 싶었네 징용병의 제복을 벗자 한복만 남았네 땅을 파고 제복을 묻었네 제국을 매장하듯 꾹꾹 밟았네 제국을 더럽히듯 침을 뱉었네

하루해 길고 꿈은 짧았네

들녘 마을에서 머슴을 살았네, 머슴 나라의 머슴이었네 부끄러웠네 콧수염 이장이 자꾸만 나를 관찰했네 그가 지서 쪽으로 사라진 날, 나는 산으로 향했네 사흘 밤낮을 산에 숨었네 아무도 나를 부르지 않았네

허기진 꿈결에 들었네, 반사이, 반사이! 일본어로 외치는 아이들, 만세 만세 소리치는 어른들, 나는 그예 미치고 말았다고, 그날 마호메트가 온몸을 떨었던 것처럼 나도 사지가 떨렸네 사람들이 쏟아져 나왔네 콧수염 이장은 보이지 않았네 가난한 손들이 하늘을 향하고 있었네

2부

나는 네 아비의 혼령이다

붉은 강

나는 언제부터 출렁인 걸까, 아니 온몸을 떨며 환호한 걸까 아니면 그냥 비난이었을까 강물이라 불리기 전부터 나는 왜 잠을 못 이룬 걸까 내가 흔들리는 동안 강물도 마음이 흔들린 걸까, 아비가 흘려 놓은 무서운 옻독은 어디쯤 떠돌까 떠돌다 물굽이 너머로 자맥질할까 강물 위로 붉은 꽃잎 떨어져 얹힐 때, 내 안에선 또 어떤 울음이 터져 나올까 저 붉은빛 잎새는 누구의 내장일까, 얼굴 밖으로 흘러나온 건 누구의 입술일까, 울먹이는 입술은 왜 붉은빛일까 내 마음을 따라오며 강물은 어느새 빛깔을 바꾼 걸까, 대체 무얼 말하고 싶은 걸까 옻독은 언제까지 내 안을 흘러 다닐까

붉은 독

햄릿, 나는 네 아비의 혼령이다 한동안 밤마다 서성여야 할 운명에 처한 채*

아버지는 지금도 내 곁을 맴돌고 있는지 내가 이상한 느낌으로 뭔가를 응시할 때, 빛이 안개처럼 피어올라 가슴이 환해지는 순간, 아버지의 뒷모습이 슬쩍 지나간다

신비한 풀숲의 흔들림을 보거나 새들의 속삭임에 귀 기울일 때, 나직나직 아버지 음성이 들려오기도 한다 화염 펜에 가슴이 덴 듯 뜨거워질 때, 잊고 있던 노래가 떠올라 눈물지을 때, 아버지는 불쑥 고개를 내민다

아버지와 나는 정말 옻나무로 이어진 걸까, 뜨거운 핏속에 붉은 독을 숨긴 사이일까

나는 왜 피가 뜨거워 헐떡이는 걸까, 밤마다 서성여야 할 운명에 처한 채

* 햄릿 1:5

곁길로 빠지다

나는 몰래몰래 곁길만 걸었네, 내가 지나온 건 아무도 살지 않는 세상의 오지였네, 부대는 떠나고 옻독에 취해 혼자 남았던 아비는 그렇게 내게 변방을 물려주었네

나는 늘 저쪽이었네, 빈방에 내 몸을 가두고 유배를 떠나곤 했네 아무도 모르는 외로운 감옥은 정겨운 집이었네 떼 지어 몰려드는 사람들을 보네 패거리는 전쟁과 전염병을 불러온다고 경고한 이도 있지, 무리에서 이탈한 사자는 아무도 없는 산모롱이에서 쓸쓸한 죽음을 맞이하지

혼자 있으면 비로소 무리가 보이지 여러 가락의 바람결도 손에 잡히지, 나는 무리에 섞이지 못하네, 옻독에 취한 피가 자꾸만 곁길을 부르네

옻독이 내 피였네, 곁길이 내 집이었네

가족사진

빛바랜 사진이 빛 속에 떠 있다 1944년 대종회大宗會 기념사진이다 사람들 표정은 그림자와 너무 가까워 가물거린다 감정도 덩달아 누렇게 떴다 빛에 노출된 누군가의 한쪽 볼이 불현듯 밝아질 때, 사진은 비스듬히 말을 걸어 오기도 한다

종친宗親 한 분이 사진 속에서 빠져나간다 황급히 뒤따라가 보지만 어둠 속에서 종적을 놓친다 그가 누구였는지 기억하던 이들은 죽고 없다 사실은 모두들 사진 속을 벗어나기 위해 한 발을 사진 밖에 걸치고 있다 어려운 시절이다 어떻게든 이곳을 벗어나야 해! 지워진 몸의 다른 부위들이 사진 밖에서 외치는 소리가 들린다

사진 속을 걸어 나간 이들은 어디로 갔을까 흑백의 경계 희미해져 누렇게 뜬 사람들 얼굴, 몸통은 다 지워진 채 허공에 떠 있는 눈빛과 입술들, 또는 허공에 뚫린 두 개의 콧구멍, 빛바랜 사진이 사람들을 하나씩 뱉어내는 동안, 얼마 전 이곳을 떠난 조부를 뒤따라 조모도

나갈 채비 중인가 하반신은 벌써 밖으로 나갔다 대종회
기념 글씨 옆에 소화昭和 19년이라 찍힌 흰 글씨

정말 광복이 코앞이다, 이젠 도망갈 필요도 없어졌다

아기나리

지상에서 가장 수줍음이 많은 건 누구일까? 아기나리는 수줍음을 온몸에 감싸고 있어 사람 눈에 들키지 않지 숲 그늘에 몸을 숨기고 밤낮없이 두근거리지 미세한 바람결에도 경련을 일으키지 두려워 자꾸만 두리번거리지

곁길 돌부리에 채어 나뒹굴고 몸을 일으키다가, 눈을 찌르는 낯선 초록을 만났지 그 초록은 제 몸에 돋아난 소름을 들여다보고 있었지 나도 엎드린 채 초록을 훔쳐보았지 초록이 전해 주는 서늘한 냉기, 공포에 질린 파리한 낯빛, 몸이 굳어 혀까지 오그라든, 오오 아기나리와 눈이 맞았지

제발 못 본 체해 줘 간청하는 초록의 불안을 보았지 무서워 무서워, 울먹이는 초록 울음, 부서질 듯 떨리는 어깨를 보았지

1945년 8월 12일, 징용 간 남편 따라 강물에 몸을 던

진 큰어머니의 뒷모습을 언뜻 보았지

뜨거운 눈

큰어머니가 아버지에게 눈병을 옮겼을 때 붉은 불티 한 점 내 눈두덩까지 튀었는지, 핏빛 노을이 어둠을 끌고 올 때 내 눈은 응달보다 먼저 어두워지네 두꺼운 어둠이 홍채를 뒤덮어 쓸쓸해질 때, 비문인지 날파리 몇 마리 날아가기도 하지

나는 자꾸만 깜박이며 눈두덩을 쓸어내리지, 모래바람이 불어와 눈을 뜰 수가 없지 사막은 멀고 투명하여 눈을 감아도 보이지 쌍봉낙타의 도드라진 혹들, 어둠을 짊어지고 가는 조센징들, 오 아버지의 첫사랑 큰어머니, 그녀의 크고 붉은 눈…… 누가 또 내 눈을 찌르는지 잠깐 사이 허공 가득 불티들 날리고, 내 눈은 새벽이 오기도 전 뜨거워지지

본다는 짓을 해선 안 되지만, 끊임없이 보고 있지 않으면 안 된다고 했지*

뜨거운 눈 부릅뜨고 나는 보고 있지, 아아니 보지 않

기 위해 눈을 비비는 중이지

*후루이 요시키지古井由吉

출렁출렁

내 어린 날 영상 속엔 꽃상여가 함께 산다 울긋불긋 만장의 행렬, 멈칫멈칫 저기 꽃상여가 간다 상여꾼들 가락에 맞춰 상여가 꿈결처럼 출렁인다 갑작스런 이동이 낯설다는 걸까 주춤주춤 상여는 나아가길 주저하고, 상두잡이는 전진을 알리는 요령을 흔든다 상두잡이 눈길은 허공 저쪽 저승을 기웃거린다

북망산이 멀다더니 대문 밖이 북망일세

선창을 뒤이어 어이어이어하! 느릿느릿 후렴으로 이어지는 합창, 그 코러스가 구름을 건드릴 때 맑은 하늘에선 빗방울 몇 가락 떨어지고, 내 눈시울도 벌겋게 흩어진다 꽃상여는 출렁출렁 흘러간다, 소리의 매듭들 강물의 문턱을 넘어서고, 한번 떠난 꽃상여는 돌아오지 않는다 언뜻 북망산이 나타났다가 사라지기도 한다

동구 밖으로 흘러가는 꽃구름처럼 상여는 흘러간다 보이지 않는 죽음이 출렁출렁 따라간다

소녀상

신록의 속잎을 슬쩍 건드리자, 푸른 막이 터진 듯 새파래진다 무슨 항의일까, 잎맥의 솜털들 촉수처럼 곤두선다 뾰족한 솜털들의 초록 냄새가 코를 찌른다 저 강렬한 빛과 냄새는 공포가 시킨 짓이다 창백한 얼굴을 보면 알 수 있다 잎새는 지금 숨이 막힐 듯 불안하다

순사들이 솜털 보숭한 처녀의 목덜미를 움켜잡았지 처녀 얼굴이 창백해졌지 숨이 막혔지 그때 소화昭和 14년 봄, 열여섯 그 처녀 하고 싶은 것도 많았지 그때 끌려간 그 처녀 소화 20년이 되어도 돌아오지 않았지 하 많은 세월 돌고 돌아 그 처녀, 나고야 전시장에 소녀상으로 앉아 있었지 너무 고요하여 잎새 같았지 누군가 소녀 곁의 빈 의자를 끌어당겼지

그림자 속으로 들어간 소녀는 어떻게 되었을까

소녀는 길게 그림자를 남기네, 노랗게 물든 거리에 찍힌 검은 그림자, 모퉁이 돌아 소녀는 앞으로 가네 깃발도 펄럭이지 않고 바람도 불지 않네 창문이 닫힌 집들과 텅 빈 광장, 소녀의 등 뒤로 그림자만 남네

그림자의 반대쪽에서 키 큰 그림자 하나 오네, 그림자를 앞세운 채 사내는 보이지 않네 걸인일까 수도승일까 보이지 않는 바랑이 보이네 불쑥 그림자가 나타날 때, 문득 팔뚝의 근육이 꿈틀거리네 머뭇거리는 어떤 의도가 검은 그림자 안에 숨어 있네

그림자도 표정이 있네, 그림자도 말을 하네

불쑥과 근육 사이의 당돌한 결합, 고깔모자와 흘겨보는 눈빛 사이의 어두운 의도, 키 큰 그림자 흔들흔들 다가오네 소녀가 그림자 안으로 접어드네, 소녀의 실물과 그림자가 겹쳐지네 그림자는 어둡고 우울하네, 그림자는 어두워 표정이 보이지 않네 겹쳐진 것들은 목소리를

틀어막네

소녀의 그림자는 사라진 걸까 흡수된 걸까, 겹쳐진 그림자가 안겨 주는 적막과 침묵, 다시 텅 빈 광장에 노란 바람이 부네

이상한 대화

꿈속에서 빠져나오자, 우리 집 거실이다 햇빛이 쏟아져 앞이 보이지 않는다 너무 환하다 누가 나를 불렀던가 뒤돌아보니 아버지의 실루엣이 나무처럼 서 있다 아니 비스듬했다 아버지는 이십 년 전에 돌아가셨다

서 계신 모습 오랜만에 뵙네요, 그래 쓰러지기 전의 모습이지, 아버지가 아니라 그림자가 말하는 것 같아요, 누구나 그림자를 데리고 다니지, 구름 속에 있는 기분이라니까요, 얘야 산다는 건 구름 속을 걷는 일이란다, 그런데 어떻게 오셨어요? 아니 근처를 지나는 중이었지 나도 꿈을 꾸고 있었나 봐, 하실 말씀이라도 있으세요? 그때 징용이 내 아내를 앗아 갔어, 그건 제발 잊으세요 아버지, 아니야 죽어도 못 잊는다는 말도 있잖니? 인민군에 끌려간 얘기는 오늘도 남겨 둬야겠구나, 그래요 아버지, 아무래도 다시 오긴 어렵겠지 요샌 꿈도 안 꿔지니 말이야, 살펴 가세요 아버지, 오냐 구름을 잘 골라 디디렴 슬픔이 구름을 부풀리니까 구름은 모든 걸 덮으니까

환한 햇살 속으로 아버지가 돌아선다 아버지가 먼 길을 간다 그림자를 남기고 아버지가 햇빛 속으로 스민다 그림자가 증발한다

두꺼운 잠

아버지는 잠이 없었다 눕는 걸 몰랐는데 어느새 기상해 있었다 늘 비스듬했다 비탈에 서 있는 나무 같았다 짊어진 짐의 무게로 나무들은 모두 비스듬했다 꼿꼿한 아버지와 만났을 때, 뭔가 어긋난 걸 알았다 이처럼 빗나가는 장면들이라면 그래, 이건 꿈이 분명해! 더구나 아버지는 이십 년 전에 돌아갔어

길은 다시 어두워졌다 아니면 내가 다시 잠에 빠졌는지, 비스듬한 비탈길을 허위허위 올랐다 높고 낯선 길이었다 비스듬이란 게 얼마나 힘든지 알았다 비탈을 다 오르니 허공에 떠 있는 마당이 보였다 이건 유년에 읽은 공중도시가 겹쳐진 꿈이군! 꿈속을 어떻게 빠져나가나 잠시 고민했다 다시 보니 고향 집 마당, 투명한 햇살이 비현실적으로 환했다 갑자기 어둠은 어디로 숨었을까 지금 내 침실에 불이라도 켜진 걸까 그렇다면 불빛은 지금 잠의 두 층위를 위태롭게 지나는 중이군

눈길이 마당을 지나 감나무 아래 이르자, 꼿꼿한 아

버지가 삽질을 하고 있다 삽질도 퍽 상징적이지만, 반백이던 머리칼이 새하얗다 이건 무슨 예언일까 무덤 속에서도 머리칼은 세는 거라고, 대수로울 게 없다고, 나는 또 꿈을 툭툭 털어 버리는데

잠의 안팎으로 투명 가림막이 서 있는 것처럼, 꿈과 죽음 사이에도 그보다 더 두꺼운 잠이 지나가는 중일까

따스한 잠

그가 겨울 무인도에서 구조된 건 폭설이 시작되던 밤이었다 밤 파도가 으르렁거리고 있었다 눈발이 무채색 꽃송이처럼 검은 바탕에 점을 찍고 있었다 은박지 가루 같은 눈발을 헤치고 통통배 한 척 지나갔다 그가 구조 신호를 보냈지만 못 본 것 같았다 그래서 그도 그 배가 하얀 환영이라고 생각했다 온몸이 젖어 있었다 아픈 맨발은 칡 빛으로 물들었다 펜을 조각칼처럼 쥐고 곱은 손으로 젖은 수첩 위에 그는 썼다 나는 자살이 아니다

낯선 새가 다가오고 있었다 큰 깃을 가진 은빛 새, 새는 그를 향해 다가왔지만, 거리가 조금도 좁혀지지 않았다 언 입술을 움직여 그가 뱉아낸 마지막 말은 아, 저승새!

너무 춥다고 느낀 순간, 따스함이 몰려왔다 따스함은 몸의 안쪽으로부터 증기처럼 피어올랐다 그는 그 따스함이 잠이란 걸 알지 못했다 어부들이 그의 따스한 잠을 흔들었을 때, 그는 몸을 공처럼 말고 잠들어 있었다

고 했다 그 아비의 아들, 그도 그때 죽은 사람이었다

그래, 나는 내 아버지였고 내 아들이었다*

* 앙토냉 아르토Antonin Artaud

무당사巫堂祠

무당사는 천수만의 한 항로, 알려지지 않은 바닷길 이름이다 간월도와 대섬 사이, 이 바닷길은 매번 고깃배를 전복시킨 사나운 물길이다

스무 살 겨울, 썰물 때를 골라 걸어서 무당사를 건넜다 물이 빠진 무당사는 순해 보였다 무인도에 홀려 물때를 놓쳤다 간월도에 가는 길이었다 무당사에 막 물이 차오르기 시작했다 짧은 물길이었다 간월도를 향해 헤엄을 쳤다 겨울 파도가 따귀를 후려쳤다 정신이 가물가물했다 내 몸이 빙빙 돌았다 기진하여 다시 제자리로 떠밀렸다

온몸이 젖은 채 배를 기다렸다 배는 오지 않았다 눈이 내리고 서둘러 어둠이 왔다 이름 모를 새를 만나는 사이, 잠이 밀려왔다 따스했다 나는 그때 죽은 사람이었을까

새가 사라질 때쯤, 뱃사람들이 얼어붙은 내 잠을 깨

웠다 폭설이 시작된 밤이었다

돌아오라, 쏘렌토로

아버지는 로마 제국의 이야기를 좋아했지, 줄리어스 시저의 죽음도 일본인 여선생에게 들었다고 했지 아버지는 로마 제국에 가 보고 싶다고 했지

아버지 떠난 지 십여 년 만에 나 혼자 로마에 왔네, 나폴리 지나 카프리섬으로 가는 유람선에서 쏘렌토를 바라보네, 절벽에 매달린 카사노바의 대저택이 제비집을 닮았네 카사노바가 즐기던 싱싱한 생굴을 맛보네, 아버지는 돌아오라 쏘렌토로 노랫말을 흥얼거렸네 맨날 첫 구절뿐이었지만 일본인 여선생에게 배웠다고 했네, 일본인 여선생은 학생들에게 노래를 가르쳤네 천황을 위해 죽으란 말은 가르치지 않았네

나는 믿고 있네, 일본인 여선생은 예쁘고 수줍어하고 얼굴을 붉혔을 거라고, 내가 흥얼흥얼 그 노랫말을 흉내 낼 때마다 홍당무처럼 얼굴을 붉히던 내 첫사랑 여선생님이 떠오르네

3부

나는 분명 이곳을 지나간 적이 있다

낙타와 나

낙타 한 마리 사막을 간다 그의 둥근 눈망울 안에 지평선이 길게 그어진다 칼날보다 날카로운 사막의 지평선, 낙타의 두 귀는 악기처럼 모래 울음을 퍼 나른다 제 몸 안에 사막보다 더 큰 모래밭을 품고, 낙타는 긴 속눈썹 하나로 모래 폭풍을 건너간다 물주머니 수도꼭지처럼 걸어 잠그고 꿈을 꾸면서도 낙타는 물을 마신다 모래의 지평선 넘어 낙타는 한 세기를 넘어간다

긴 담장 길 지날 때, 갈증으로 입술 부르튼 낙타가 비틀거린다 모래 폭풍에 떠밀리며 내가 건널목을 건넌다 내 몸 안에 담장보다 더 긴 사막을 품고, 밤마다 나는 모래 울음소리를 듣는다 빌딩 숲에 갇힌 스카이라인이 사막처럼 내 눈동자에 새겨진다 사막에서 담장까지 지평선 하나 길게 그어진다

모래 산

내가 모래밭을 지나가는 걸 본 사람이 있다고 했다 등이 굽어 낙타인 줄 알았다고 했다 한 점으로 소실될 때까지 내 뒷모습을 좇았다고 했다 벌써 수 세기 전의 이야기다 모래 산은 흘러내리다 멈추는 찰나의 기록이다 그 찰나는 영원하지 않다 현재와 과거도 없다 모래 산에서 형태를 찾는 건 부질없는 짓이다 모래 산은 변화하는 운명에 관한 이야기다 그건 생사의 고랑을 기록한 책, 모래 산은 언덕 너머로 모든 게 숨어 버린 순간, 이야기를 시작한 책이다

모래 산은 알 수 없는 문자들로 쓰였다 많은 이들이 해석에 도전했지만 허사였다 누군가는 해독에 이르기도 전 시력을 먼저 잃었다 페이지를 넘길 때마다 글자들은 지워졌다 누군가 섬광처럼 한 행을 붙잡는 순간, 글자들은 모두 불타 버렸다 신비로운 내용을 발설한 이들은 모두 죽고 없으며 그들의 말도 남아 있지 않다 모래 산엔 새들의 언어나 전갈의 속삭임이 기록되었다는 것만 알려졌을 뿐이다

모래가 빛과 그늘을 나누는 동안, 모래 산엔 긴긴 빗금이 그어진다 빗금 사이로 모래의 고저장단이 새겨진다 모래 산은 낯선 노래가 된다 햇살을 한 짐 끌고 와 그늘 쪽에 부려 놓으면 사막은 울음으로 그슬린다 모래 산은 말이 없다 어둠은 무거운 침묵 속으로 스며든다 스며들어 스스로 깊어진다

좁교가 간다

좁교란 이름은 종교와 비슷하지만, 경교와도 같은 돌림자다 물론 좁교는 내 동생이 아니다 네팔 산간 오지 야크와 물소의 튀기가 좁교다 좁교는 평생 일만 하도록 만들어진 노동 기계다 노동 기계? 그럼 좁교는 정말 나를 닮았나? 좁교는 번식을 할 수 없는 돌연변이다 짐을 산처럼 잔뜩 싣고 저기 좁교가 간다 좁교는 사랑을 위해 사는 게 아니다 순한 눈망울 굴리며 거친 숨 내뿜으며 좁교는 일만 하다가 죽는다

왜 좁교는 하필 나와 같은 돌림자인가 그런데 그게 무슨 상관인가 하지만 어느 땐 내가 짐을 잔뜩 지고 산비탈을 오른다 나는 좁교가 아닌데 어깨가 무겁다 짐도 지지 않았는데 숨이 차다 좁교는 핏줄처럼 내 곁에 붙어 있다 좁교는 꿈길까지 나를 따라다닌다 좁교는 들리지 않는 내 울음이다

저기 내가 울면서 비탈길을 오른다 무게에 짓눌려 어깨가 휘었다 눈물 그렁그렁, 좁교의 슬픈 눈이 나를 바

라본다 내가 좁교를 보며 눈물을 흘리듯 좁교는 나만 보면 운다 우리의 눈물은 투명하게 번져 서로의 볼을 적신다

폭설 속에서 쇠못을 보거나 까마귀 울음소리를 듣네

까마귀가 우는 게 아니라, 예수가 울었다네
나자로네 집으로 가는 길, 예수는 어깨가 한쪽으로 기울어져 있네
까마귀가 우는 게 아니라, 눈송이마다 박혀 있는 검은 점들 쏟아지네
살에 박히는 쇠못 소리, 허공은 쩡쩡 금이 가는지
소란하여라, 눈구름이 지나간 구름의 남쪽 모퉁이
저 눈구름도 슬개골이 쑤시는지 다리를 절고 있네
우리가 울기 전 슬픔은 어깨 위로 먼저 찾아온다네
나오너라 나자로야!*
그 목소리를 덮기 위해 폭설이 쏟아지네
내 무릎 한가운데 종지뼈가 몹시 아픈 날
까마귀는 우는 게 아니라, 할 말이 쌓인 거라네
목로주점 간판 위로 날아가며 우는 까마귀
아아니 까마귀가 뱉어내는 캄캄한 말들
허공은 쇠못 자리 구멍으로 폭설을 쏟아붓네
집으로 가는 길, 나오너라 까마귀야! 불러도
까마귀는 보이지 않고

어깨를 들썩이며 우는 아버지를 보네
살에 박히는 쇠못 소리 차곡차곡 쌓이는 동안
기울어진 아버지 어깨 너머로 떼 까마귀가 우네

* 요한복음 11:28-11:44

별빛이 벨 소리를 울리네

벨이 울리네, 벨 소리를 따라서 파도가 들썩이네 밀려왔다 되돌아가는 파도들, 저문 해안선 홀로 적적해지네 빈 발자국 위로 별빛이 내려 움푹한 발자국 안쪽으로 어둠이 고이네

내 안으로 고이는 그늘의 분량 얼마쯤일까 짙은 그늘에서 자라나는 한 줌의 눈물, 벨 소리가 별빛 같은 점을 찍을 때, 놀라 곤두서는 내 눈썹들, 눈 크게 뜨는 모공들

해안선이 지워지고 하늘과 바다의 경계도 사라지자, 벨 소리 혼자 남았네 아비는 언제 울린 벨 소리일까 1944년 여름, 아비는 징용을 떠났다지 다가올 광복도 모른 채 길을 떠났다지

별빛이 흔들흔들 몸을 떨고 있을 때, 별빛이 요란한 사이렌 소리를 울릴 때, 겁에 질린 달빛도 구름 뒤로 숨었다지

무엇이 두려운가, 아직도 별이여

나무 중독자

내 몸속에선 옻나무가 자란다 아비가 흘려 놓은 옻독이 핏속을 흘러 다닌다, 내가 나무속에서 빠져나오지 못하는 연유다

실크로드에서 만난 호양나무는 먼 곳으로 떠날 준비를 하는 모래바람을 닮았다 캄보디아 바이욘 사원을 잠식한 스펑나무, 나무가 사원을 갉아 먹는 동안 사원은 나무뿌리에 기대어 연명하고 있었다 엉뚱한 동거였다 뉴질랜드의 벤자민 고무나무는 나무가 그대로 한 채의 집이요 마을이었다 아름드리 카우리나무 고목은 이미 하늘에 얼굴을 묻고 있었다

지리산 구상나무, 제주도 비자나무, 비양도 팽나무, 보길도 감탕나무, 고창 호랑가시나무, 안면도 모감주나무, 거제도 종려나무, 남해 금산 비파나무, 주왕산 말채나무, 한풍루 왕버들……. 고목들이 고을의 뿌리였다 나무들만이 숨 쉬는 탑이었다

나무와 집은 늙을수록 우아해진다, 나는 나무로부터 빠져나오지 못한다 나는 나무 중독자다

햇살 환한 오후

아직은 햇살 환한 오후라고 쓰다가, 바늘에 찔린 듯 놀란다 무심결에 그 문장을 다시 들여다본다 하필 저 문장이었을까? 햇살의 질량을 저울질하는 동안, 기운 햇살이 나를 짓눌러 온다고 느낀 그 순간, 무엇이 코끝을 자극한 걸까. 나는 왜 햇살과 오후를 함께 끌어들여 내 안의 그늘을 버무리려 했는지

그늘이 비애를 몰고 올 때, 강물은 얼마나 더 어두워졌는지 알 수 없지만 모든 이야기의 뒤안으로 돌아가 보면 늘 쇠잔한 햇살과 하오에 관한 풍문이 숨어 있고, 풍문은 다시 파문을 일으켜 쇠잔한 햇살과 겹쳐지기도 한다

술래가 눈을 가릴 때 불안한 건 갑자기 어두워지기 때문이듯, 해가 수평선 쪽으로 다가갈 때 마음이 먼저 저무는 것도 같은 까닭일까 어느새 나는 그때, 내 아비의 나이에 이른 걸까

아직 햇살 환한 오후라고 쓰는데, 내 마음 수습하기도 전 놀란 햇살이 먼저 종이 위로 쏟아져 비수처럼 박힌다 아니, 햇살이 허둥지둥 제 그림자를 흘리고 간다 저 어지러운 햇살 그림자는 누가 수습할 수 있을까

에게해

누가 여기 쪽풀을 짓이겨 그 감청빛 물감을 풀어 놓았나 에게해의 검푸른 물빛은 멍든 상처 빛이다 누가 고요한 이 바다 두들겼나 그 상처 얼마나 깊기에 아직도 멍 자국 이토록 선명한가 그리스 함대가 백조 떼처럼 바다를 채운다 바닷물을 두드리는 억센 팔뚝들, 굵은 힘줄들을 본다 화살이 빗줄기처럼 날아온다 칼날이 번뜩인다 바다는 난장이 된다 바다가 아프다고 소리친다

나는 방금 히타이트 제국, 옛 일리오스 성문 앞 트로이 목마와 작별한 길이다 눈물 젖은 승전가가 울려 퍼지던 자리, 한 사내의 귀향을 훼방한 바다, 이 물빛은 얼마나 많은 죽음을 기억할까 기다려 다오, 수절한 아내여 얼굴도 모르는 아들이여, 눈먼 강아지여

아무도 아버지를 기다리지 않았다

지중해 음악이 흐느낀다 죽음을 기억하라고, 해는 또 다시 뜬다고, 구슬픈 선율이 눈물처럼 반짝인다 파도는

씨줄과 날줄로 카펫을 짜고, 망루의 북소리 울릴 때, 검푸른 멍울이 내 안의 상처와 겹쳐진다

나는 아버지보다 더 아버지가 되겠다고

사무라이 까마귀

관광객으로 넘치는 오타루 공방 거리, 문득 허공이 소란하다 칼 가는 소린가? 지붕을 올려다보니 용마루 위에서 까마귀가 내뱉는 위협 소리다 훈련된 까마귀의 공연인 줄 알았다 모두의 시선을 한 번에 붙잡았으니까 창공을 스크린 삼아 용마루 위에서 홀로 펼치는 창무극! 공옥진의 춤을 닮았다

다시 보니 분노로 눈이 뒤집힌 까마귀의 절규다 무슨 저주 저토록 맹렬할까 붉은 혀를 놀릴 때마다 허공이 베어지고, 창공은 푸른 피를 흘린다 또 지긋지긋한 영토분쟁인가? 까마귀는 긴긴 용마루 위를 내달리며 소리친다 독무대다 전진 전진 전진, 그리고 멈춤, 그 스텝을 반복한다 어쩌면 연적에게 보내는 암샘인지도 모른다

가만, 저 스텝은 낯익다 일본도를 사선으로 비껴 쥐고 적을 향해 돌진하는 사무라이 〈마지막 사무라이〉의 영상 한 컷이 사납게 겹쳐진다 까마귀의 저 모습을 본떠 사무라이 검법이 나온 건 아닐까 아니, 까마귀 눈빛 속

에 사무라이 검객이 스며든 걸까 싸움에 진 사이코 다카모리가 충성스런 부하에게 제 목을 맡기는 장면

아아, 저 까마귀도 결국 결투에 패한 모양이군 저 환장한 표정, 무서운 절규를 보니 틀림없어 내 시대는 끝났다고, 어서 이 목을 내리치라고, 이것은 까마귀의 이야기가 아니다 이건 까마귀를 닮은 사무라이의 스텝에 관한 보고서, 또는 공격성에 대한 기록이다

페인트가 칠해진 새

―〈The painted bird〉, 바츨라프 마르호울 감독, 2020

너는 두렵다 너는 오늘도 흑백사진의 그늘 속으로 숨는다 그늘도 유대인의 피를 가려 주진 못한다 어쩌면 너는 조센징이란 불도장이 찍힌 채 태어난 내 아비의 어린 시절이 아닐까 더 깊은 그늘, 그 안쪽엔 또 무엇이 숨어 있나 페인트가 칠해진 새는 새들에게 쪼여 추락하고, 너는 사람들에게 버려져 어둠이 되거나 땅에 파묻혀 소멸한다 까마귀의 동공엔 무엇이 비치나 까마귀의 동공 속에서 너는 재생된다 역사는 끊긴 적 없는 재생 필름이므로 너는 다시 소모품처럼 마을에 편입된다 너를 숨길 곳은 어디인가?

너는 매일 떠난다 하늘이 앞장을 서서 암회색 톤을 흘려 놓는다 발걸음 내디딜수록 세상은 자꾸 암갈색으로 어두워진다 너에게 페인트를 칠하는 자 누구인가 역사는 제 몸에 맞는 색깔만 골라 입는다 결국 색채가 사람을 바꾼다 사람들이 미소를 잃은 것도 저 암갈색 때문이다 침울이 가속화된다 앵글은 네 상심을 따라잡지 못한다 어떤 클로즈업 화면도 네 마음을 비추지 못한다 너는 이제 어디로 도망치나?

파괴된 건 영토일까 영혼일까 누구도 암갈색의 속내를 알지 못한다 그 상징을 짐작도 못 한다 저 암갈색은 또 무엇을 삼키는 중일까 아니 무엇을 뱉어낼 수 있을까 네가 스며드는 그곳, 어두운 벌판을 바다처럼 건너, 너의 집은 어디인가?

흰목물까마귀

흰목물까마귀는 폭포 속을 들락날락 물의 집에 세 들어 살지 나들이할 때마다 세찬 물길 지나가야지 부리를 도끼 삼아 폭포의 물 벽을 내리찍지 그 빈틈으로 물까마귀는 몸을 던지지 날아가 물에 박히는 뜨거운 화살들, 물까마귀는 사실 폭포를 향해 방아쇠를 당기지 아아니, 제 몸을 먼저 쏘지 견딜 수 없이 근질거려 불을 지피지 봐 저기, 천둥 치는 연기* 허공을 뒤덮는 연기 사이로 보여? 창공을 떠받친 늘씬한 물기둥들, 그 흰 다리들

물까마귀는 인간어뢰 가이텐回天이나 가미가제神風 특공대의 전생일 거야 흰 다리 사이를 빠르게 통과하여 사타구니에 박히는 총알들, 제 몸을 쏘거나 불 지르는 건 얼마나 아픈 쾌감일까 아니, 등 떠밀린 그 투신은 얼마나 쓸쓸했을까 날아가 꽂히는 순간, 그들은 뭐라고 외쳤을까?

천왕 만세라고? 천만에! 물까마귀가 언제 만세를 부르

던가? 그냥 두 눈 질끈 감았거나 엄마 얼굴이 스쳐 갔겠지 왈칵 쏟아진 눈물 폭포가 슬쩍 시야를 가렸거나, 눈이 멀었던 거지

* 빅토리아 폭포의 원주민 언어는 모시오야툰야(Mosi-oa-Tunya), 곧 천둥 치는 연기란 뜻이다.

낯선 곳

낯선 길로 접어든다, 아! 이 길은 낯익다 아니다, 분명 초행길이다 아아니, 지난 생이 아니었다면 꿈에 한 번 다녀간 걸까 바람이 물길을 흔들어 강이 휜 것도 그렇다 새의 등허리도 둥글게 휘어, 잠 깬 새들이 가지를 옮겨 앉는다

저 새는 어디서 왔나, 나는 어디로 가나, 시간이 그물처럼 얽혀 바람이 통과하는 그 어느 쪽도 과거라고 말해선 안 된다 아버지는 식민지 땅에서 태어났다 예수도 그랬다! 새들도 식민지의 새들이었다 나무와 풀, 허공을 가득 채운 공기도 그랬다

낯선 길이란 없다, 그늘이 햇살에 몸을 말리는 한낮, 꿈의 둘레가 우주로 뻗어 있듯 내가 새였던 시절, 나는 분명 이곳을 지나간 적이 있다

4부

울음을 기다리는 곳

여치 당숙모

여치는 울다가 죽는다지 한번 울기 시작하면 울음이 연신 울음을 밀어내어 멈출 수 없다지 그치고 싶지만 그칠 수 없어 배가 터져 죽는다지

당숙모의 목소리는 울음을 닮아서 흐느낌이 호흡 속에 묻어 있었지 울음 가락이 먼저 흘러나와 여치처럼 어깨를 들썩였지 말을 하고 싶은데 곡소리가 앞을 막았지 울컥울컥, 눈물이 앞장을 섰지

마침내 당숙모는 여치 우는 젊은 날 남편을 떠나보내고 한창때인 아들딸도 앞세웠지 당숙모의 태생도 절지동물문 메뚜기목에서 유래하는지, 당숙모의 입에선 마디마디 끊기는 여치 울음이 새어 나왔지

울음이 무슨 빛인지 마주한 적 없으나, 당숙모 목소리에선 초록이 진득진득 묻어 나왔지 초록이 자꾸 배를 부풀려 배가 불러 오고 있었지, 터질 것만 같았지

진로眞露 1

진로는 진짜 이슬이다, 눈망울이 맑아 속마음도 투명하게 비친다 내 친구 진로가 꼭 그렇다

유년 시절, 진로는 벙어리지만 말이 통했다 눈빛 하나면 그만이었다 이심전심이었다 무슨 놀이든 통했다 쉬자, 숨자, 먹자, 가자는 설명이 필요하지 않았다 시인의 언어처럼, 고상한 은유처럼 진로의 무언은 시였다 진로가 눈망울을 키운 다음 눈을 깜박이는 건 하지 마, 싫어란 뜻의 부정어였다 내가 참외나 수박 서리를 제안할 때마다 진로는 그 부정어를 썼다

진로의 말뜻을 딱 한 번 알아듣지 못한 적이 있다 표정과 몸짓이 크고 부산했다 그날만은 할 말이 너무 많았다 다음 날부터 진로는 보이지 않았다 도시의 농아학교에 입학했다는 소문을 들었다 진로를 기다렸으나 진로는 다시 오지 않았다

진로가 내 결혼식에 나타났다 순한 눈빛에 기쁨이 가

득했다 진로는 모처럼 침묵의 언어로 이야기했다 하고 싶은 말이 많아 보였다 입술 다문 채 진로는 눈빛으로만 이야기했다 침묵의 언어가 정겨웠다 모두들 진로에 빠져 취했다 오랜만에 뜻이 환하게 통했다

진로眞露 2

진로는 세 살 때, 전쟁 같은 홍역을 앓고 말을 잃었다, 말하지 않아도 그가 시인이란 걸 모르는 이는 없었다 마치 사람들이 진로를 마실 때, 깊은 눈빛으로 세상의 표정을 읽고 있는 것처럼

눈빛이 어두워지거나 귓불이 붉어지는 걸 가장 먼저 아는 것도 진로였다 입술의 작은 떨림조차 진로의 눈길을 피해 갈 순 없었다 소낙비가 내릴 조짐은 물론 땡볕의 습격을 예고하는 것도 마찬가지였다 침묵을 사랑했지만 진로는 가지 꺾인 나무나 허리가 휜 풀 한 포기도 지나치지 못했다 언젠가 날개를 다친 새를 거두어 새와 대화를 나눈 것도 진로밖엔 없었다

진로는 진짜 이슬이 아니다, 투명 액체조차 쓴맛이다 침묵한다는 건 한쪽을 버린다는 것이다, 진로는 얼마나 많은 언어를 버린 걸까 얼마나 쓴입을 다시곤 했을까

곡비哭婢 여자

곡비가 울었다 그녀는 우는 여자, 우리 마을 최고의 곡비였다 그녀 얼굴은 울음으로 그을어 있었다 곡비는 울음이 노래였다 그녀의 언어는 출렁이는 가락이었다 그녀의 숨결 속엔 강물이 흐르고 강물이 돌부리와 부딪는 지점, 울음은 그곳에서 터져 나왔다

울음을 기다리는 곳에 그녀가 있었다 그녀를 따라 상주들도 울었다 향 연기가 흔들리고 촛불도 울었다 그녀의 울음은 비구름을 몰고 와 소낙비를 뿌렸다 강둑을 무너뜨리고 마을을 삼켰다 그녀의 피는 해일이었다, 몇몇 곡비들이 그녀의 명성에 도전했지만 허사였다 울음에도 도달할 수 없는 높이가 있었다 그녀는 울음의 성채였다, 결이 달랐다

곡비가 웃었다 곡비도 웃는 여자였다, 조등이 모두 꺼지고 굶주렸던 웃음이 터져 나왔다 허기진 웃음이었다 곡비는 웃다가 눈물을 흘렸다 웃음 속으로 눈물이 번지는 순간이었다 거기, 눈물 꽃이 환하게 피어났다

외팔이 아저씨 1

외팔이 아저씨는 말처럼 빨랐다 항상 뛰어다녔다 문필봉 산꼭대기를 깨금발로 뛰어올랐다 동에 번쩍 서에 번쩍 했다 방앗간 앞에서 봤는데 금세 학교 앞에 서 있었다 그가 축지법을 쓴다고 말하는 이도 있었다 그러나 아저씨가 우리의 우상인 게 그 때문은 아니었다

아저씨는 6·25 때 한쪽 팔을 잃었다 그쪽 옷소매가 항상 바람에 나부꼈다 영어 선생님보다 영어를 더 잘했지만 산수 실력이 최고였다 숙제 걱정은 없었다 아저씨 집 마루는 우리의 공부방이었다 아저씨는 우리가 숨겨 놓은 보물이었다

아저씨는 전쟁 없는 세계를 노래했다 그의 호소는 우리의 심금을 울렸다 학교가 파하면 우리는 그의 수업을 들으러 갔다 학교보다 더 좋았다 아저씨가 말했다 사랑은 사랑을 낳고, 미움은 미움을 낳는단다 남을 미워하면 자기가 먼저 미워진단다 산과 바다가 아름다운 건 마음이 예쁘기 때문이지 그들이 남 탓하는 거 보았니?

나는 이 사상을 얻기 위해, 한쪽 팔을 바쳤단다 스승 앞에 팔뚝을 끊어 바친 혜가慧可처럼!

내가 고향을 떠난 뒤, 흰 눈 위에 피를 토하고 아저씨는 죽었다고 했다 마침내 붉은 눈[雪]을 내리게 했던 혜가의 팔뚝처럼!* 아저씨는 눈 위에 붉은 문자를 남겼다고 했다

* 벽암록—팔뚝을 끊어 붉은 눈을 내리게 한 혜가단비慧可斷臂 고사를 말한다.

외팔이 아저씨 2

외팔이 아저씨가 마을 대항 릴레이 선수로 나섰다 우리 마을은 노상 꼴찌였으므로, 아저씨는 말처럼 빨랐으므로, 이장은 아저씨를 마지막 주자로 점찍었다 우리 마을은 역시 꼴찌였다 외팔이 아저씨에게 배턴이 인계되었다 아저씨는 앞을 노려보며 내달렸다 한쪽 옷소매가 우승 테이프처럼 바람에 휘날렸다 트랙을 반쯤 달렸을 때, 아저씨 앞엔 아무도 없었다 마을 사람들의 환호가 운동장을 덮었다

아저씨가 갑자기 트랙을 이탈했다 아저씨는 운동장을 가로질러 달려왔다 실격이었다 환호는 욕설로 바뀌었다 이번엔 이장이 비난을 받았다 정신병자를 선수로 뽑은 건 이장이라고! 다음 날 아저씨는 우리에게 말했다

맨 앞자리란 슬픈 거란다 누구도 볼 수 없으니까, 추운 허공에도 길을 내야 하니까 내 이마 서늘해질 때, 허공도 이마가 벗겨지니까, 거기 주렁주렁 매달리는 열매들을 보았니? 공기의 결마다 맺히는 쓸쓸한 핏방울들을

더더쟁이 소리꾼

우리 마을 최고의 상두잡이는 더더쟁이 아저씨였지, 말끝마다 더더더가 달라붙어 말을 알아들을 수 없었지 말더듬이 모세를 닮아 입이 무거웠지만 구성진 상두가 가락만은 누구도 흉내 낼 수 없었지 아저씨의 상두가 선창은 허공을 나는 새들까지 뒤를 돌아보게 만들었지 상두가 가락이 허공을 흔들면, 새들의 후렴이 따라붙었지 꽃상여 주변은 소란스러웠지 아저씨의 상두가 가락은 저승문을 흔들고 온 메아리 같았지 그건 이승의 소리가 아니었지 말더듬이를 핑계로 말을 잔뜩 쟁여 두었다가 상두가 가락에 쏟아부었지 아저씨는 저승의 소리꾼이었지

오지 않는 사람들

내 친구 서구는 오지 않는 아빠를 기다리다가, 학교에 오지 않았다 아빠는 인민군에 끌려간 뒤 소식이 끊겼다 서구는 엄마와 어렵게 살았다 학교에 오려면 고개를 네 개나 넘어야 했다 눈이 무릎까지 빠지는 날 서구를 잡아 오라는 담임의 지시를 받았다 서구는 숲속에서 노릇노릇, 고구마를 굽고 있었다 함께 가자는 제안을 그는 뿌리쳤다 서구가 두 번째 군고구마를 내게 건넸을 땐 나도 학교로 돌아가고 싶지 않았다 발이 젖은 채 홀로 돌아왔을 때, 아이들도 담임도 보이지 않았다

서구 아들은 학교에 오지 않는다고 했다 서구가 장작불에 젖은 양말을 말리는 동안, 학교 종은 마지막 교시를 알리곤 했지만, 아들은 셔틀버스를 타고 학교에 다녔다 버스가 삼거리 슈퍼에 도착하면 아들은 종적을 감췄다 아이는 핫도그를 몹시 좋아했다 서구가 즐기던 군고구마의 그 진한 맛은 언제부터 스며든 걸까, 고구마를 닮은 핫도그는 또 어떻게 찾아낸 걸까 돌아오지 않는 할아버지의 텅 빈 자리처럼 쓸쓸한 슈퍼 앞마당, 아들

은 학교가 파할 때까지 누군가를 기다렸다고 했다

세 번째 비파나무

서른쯤 여름, 남해 금산 비파나무엔 노란 악기가 주렁주렁 매달려 있었다 악기의 선율이 전류처럼 내 안으로 흘러들었다 몸의 어느 부위가 저릿저릿했다

이십 년 만에 다시 와 보니, 잎새와 가지까지 모두 악기로 변해 있었다 온몸이 악기가 되어 떨고 있었다 떨림 사이로 선율이 울려 퍼졌다 향기가 허공에 떠 있었다 선율과 향기가 뭉쳤다간 흩어졌다 피처럼 끈적끈적했다

선율은 노란색을 통과하며 깊어지고 열매를 스치며 단단해졌다 소리의 즙이 고여 출렁였다 터질 것 같았다 열매를 베어 물자 악기 소리가 터져 나왔다 몸서리칠 만큼 시큼했다 열매는 악기를 닮아서 소리를 빚어낸다 비파나무를 따라온 스물 몇 해, 내 몸에도 소리의 즙이 고였다 감동할 때 내뱉는 감탄사, 힘겨울 때 흘러나오는 탄식, 꿈속에서 흘러나온 잠꼬대, 그 소리들은 언제나 노란색이었다

이번에도 비파나무가 노란 열매 주렁주렁 매달고 있었다 세 번째 만남이었다 비파나무와 나 사이에도 삼십 년이 흐르고 있었다 비파 열매도 어느덧 수더분한 장년이 되어 있었다 길고도 끈적거리는 인연이었다 악기 소리보다 앞서 열매가 먼저 눈인사를 건네 왔다 우리는 이미 혈연처럼 가깝다고 했다 이제 우린 한 핏줄 같다고도 했다 투박한 사투리였다 나도 막 그걸 말하려던 참이었다

산상 음악회

오월, 도봉산 용어천 계곡에서 산상 음악회가 열렸다 나는 귀빈석에 초대를 받았다 잔잔하다간 소용돌이치는 계곡물 선율에 맞춰 초록 하늘이 열렸다 잎새의 커튼이 오르자, 아름드리 물푸레가 지휘봉을 들어 올렸다 수석 연주자는 늙은 오동나무였다 가슴에 보랏빛 꽃 수건을 꽂고 있었다 그때, 아리아가 울려 퍼졌다 저토록 높고 긴 음이라면 꾀꼬리가 분명했지만, 누구도 소프라노 얼굴을 볼 수 없었다

관현악 연주가 시작되었다 희끗희끗 머리칼이 센 암봉들이 콘트라베이스를 메고 있었다 솔, 느티, 개옻, 빗살, 회화, 피나무와 산목련까지 저마다의 악기를 연주했다 물소리, 바람 소리, 새소리가 함께 공연했다 선율이 한바탕 숲을 흔들고 높고 낮게, 길고 짧게, 햇살과 녹음이 그 고저장단에 동참했다 서로의 선율에 뒤섞여 그냥 하나의 음이었다 절묘한 화음이었다

1막이 끝나면 휘파람새가 노래하고, 2막이 끝나면 빼

꾸기가 받았다 그렇게 3막, 4막, 5막…… 폭풍처럼 숲이 열렸다 닫히고 나면, 앙코르를 알리는 박수 소리가 계곡을 메웠다 음악회는 끝나지 않았다 그때, 누군가 이 음악회는 끝이 없다고 전해 주었다 슬그머니 귀빈석을 빠져나오며 뒤돌아보니, 아무도 일어설 기미가 보이지 않았다

도요새

홋카이도에서 큰부리도요새를 보았다 진회색 깃과 붉은 부리, 유독 한 마리에게만 눈길이 쏠린 건 부리 옆 왼쪽 볼에 검은 털이 점처럼 박혀 있었기 때문, 나는 새의 보조개를 떠올렸다 일행들 모두가 새의 보조개라고 소리쳤다

이 섬은 베링해나 캄차카반도에서 발진한 철새들이 알류샨 열도를 따라 내려온 디딜목, 이곳 새들이 유랑자처럼 후줄근한 연유다 휴식마저 날개에겐 다시 시작될 노역의 준비에 불과하다 철새들은 떠나기 위해 꾸역꾸역 몰려든다 그러다가 발진은 예고 없이 찾아온다 신호처럼 한 마리가 날아오르면 다시 출발이다 유랑하는 새들에겐 성채가 필요 없다 그들의 신앙은 움직임이니까

홋카이도를 떠나, 천수만 철새도래지를 찾은 내 눈에 보조개를 가진 도요새가 포착된 건 한 달 사이다 왼쪽 볼에 박힌 검은 털, 아니 선명한 보조개! 아, 바로 너로구나! 내가 소리치자 그 새도 나를 알아본 듯 왼쪽 볼을 몇

번 실룩거린다 보조개를 깊게 파고 웃는다

이름을 묻다

새가 나에게 말을 걸어 왔을 때, 처음엔 알아듣지 못했다 그냥 울음을 운다고 생각했다 중국 창저우 외국인 아파트 202호에 거주한 후, 두 번째 학기를 맞이하던 어느 봄날 새벽이었다 낯선 새 한 마리가 창틀에 앉아 울었다 새는 날마다 그 시간이면 날아와 울었다

그래그래, 잘 잤니? 또 왔구나 나도 반가운 인사로 새를 맞이했다 새는 한참을 뭐라 이야기했다 그때 문득 저 새도 나처럼 혼자가 아닐까 생각했다 나는 보았다 전에 없이 호기심으로 빛나는 새의 작은 눈을, 새는 우는 게 아니라 묻고 있었다 이, 이름이, 뭐야? 그렇게 울고 있었다 내 이름은 어떻게 답해야 하나? 나는 이경교야, 아니 리칭자오야! 새는 따지듯 더 극성스럽게 울어댔다 이름이 나를 대신할 수 있을까? 나는 이름이 없어! 나는 그냥, 아무도 아닌 자야* 이젠 네가 부르고 싶은 대로 부르렴

새는 거르지 않고 새벽 창가로 날아왔다 대화도 점점

깊어져 갔다 우리는 함께 이국의 계절을 건넜다 한 학기 동안 이어진 우리의 대화는 내가 새의 책이라 이름 붙인 어느 노트에 빼곡하게 적혀 있다 먼 훗날, 누군가 그 노트를 펼쳤을 때 그곳엔 조곡鳥曲이란 장정만 남아 있을까 얼굴 없는 새 한 마리 나래를 치고 날아오를까

가을이 저문 날, 그날은 달랐다 나는 새가 작별을 고하러 왔다는 걸 알았다 새가 그늘진 표정으로 연신 고개를 주억이고 있었으므로, 울지 않았으므로! 그래 어디로 가니? 가만히 듣고 있던 새가 이방의 언어로 대답했다 짧고 희미한 울음이었다 그래? 남쪽으로 간다고? 바다를 건너야 한다고? 새가 쓸쓸히 고개를 끄덕였다 새의 작은 눈에 그늘이 스쳐 갔다 그후 새는 다시 오지 않았다

* 오딧세이—Outis

등신불 이야기

김동리 소설 「등신불」의 화자는 징용에서 탈출하여 중국 남경 정원사로 도피한다 그리고 거기서 고통스런 표정의 등신불을 친견하고 경악한다 주인공은 액자 속 인물 만적인데, 제 몸을 태워 소신공양을 하는 이야기다

나는 새천년 초, 중국 남경에서 소설 무대와 만적의 행적을 찾았지만, 모두 허구란 걸 알았다 남경 일정이 끝나던 저녁, 어느 사찰 안의 요사채에서 취침 준비를 하고 있었다 밤 아홉 시가 조금 넘은 시각, 말갛고 앳된 동자승이 나를 찾아왔다 동자승은 다짜고짜 따라오라는 손짓을 보내왔다 주지 스님의 호출인 줄 알았으나, 사찰 뒤편 산길을 오르고 있었다 몇 마디 질문을 했으나 묵묵부답인 채 앞서 걷기만 했다

기묘한 한밤의 동행이었다 어느덧 자정이 가까워지고 있었다 그때 동자승이 어느 지점을 가리켰다 그가 가리킨 곳만 불빛이 환했다 거기 등신불 입상이 서 있었다 그런데 그건 어린아이의 등신불이었다 아아, 그건 방

금까지 나를 안내한 바로 그 동자승이었다 동자승은 물론 사라진 뒤였다 나는 쉬지 않고 셔터를 눌러, 그 충격을 고스란히 기록으로 담았다

눈을 떴을 땐 아침이었다 절벽 위 전탑 곁에 내가 누워 있었다 동자승은 물론 등신불도 보이지 않았다 서둘러 사진을 확인해 보니, 까만 어둠 속에 불빛 몇 점만 희미하게 찍혀 있었다 그게 등신불이란 근거는 어디에도 남아 있지 않았다

새알꽃

처음 새알꽃을 만난 건 오래전 어느 봄 백두대간 황정산에서였다 산목련, 혹은 함박꽃이란 이름의 우리 토종 꽃, 흰 꽃잎 한가운데 붉은 꽃술이 새알처럼 동그랗게 박혀 있는 꽃, 내가 그 꽃에 감전되고 있을 때 홀, 딱, 벗, 고, 홀, 딱, 벗, 고, 한 음절씩 끊어서 우는 기생새와도 만났다

십여 년 뒤, 도계에서 황지로 넘어오는 싸리재에서 새알꽃 군락을 다시 만났다 그리고 그곳에 다시 가지 못했다 몇 년 뒤 도봉산 회룡 능선 초입에서 이 꽃의 군락과 다시 만났다 살 것 같았다 나는 새알꽃과 함께 이십여 차례의 봄을 보냈다

다시 십 년 뒤, 기생새를 만나러 북한산 냉골 능선을 찾았다 지금쯤 회룡능선엔 새알꽃이 피었겠지, 생각하는 순간 내 눈앞에 홀연 새알꽃 한 송이가 나타났다 너무도 비현실적이어서 나는 그게 환영이라고 생각했다 군락이 아니라 오직 한 송이뿐, 믿을 수 없었다 어느 눈

밝은 새가 저 꽃에 반해 씨앗 하나 몰래 옮겨다 놓은 걸까? 바로 그때다 가까운 곳에서 기생새가 울기 시작했다 아아, 바로 너였구나 아무도 없는 능선에 꽃을 숨겨두고 봄마다 찾아오는 게

내가 바로 너였구나

해설

나는 살기 위해 죽으리라

이병철(시인·문학평론가)

1. 모래 폭풍 너머 옻나무 한 그루

"역사란 과거와 현재의 끊임없는 대화"라는 에드워드 카의 말을 새삼 떠올려 본다. 우리는 모두 역사 위에 서서 과거의 기억들로부터 끝없이 부름 받는다. 아득히 먼 옛날의 귀신고래 음파 소리가 문득 이명으로 들린다. 어느 가을 저녁 석양을 보며 불현듯 사진으로도 본 적 없는 마로스 동굴 벽화를 상상한다. 우리는 어제에 비추어 내일을 읽고, 사라진 사람들의 숨결을 바람과 햇살과 빗방울에서 감각한다. 이처럼 과거와 현재의 대화는 때로 감각의 영역에서, 또 때로는 집단무의식과 선험의 방식으로 이뤄지지만, 우리가 '역사'라고 부르는 사건은 보다 복잡한 층위에서 과거와 현재를 마주 보게 한다. 역사란 시간의 퇴적인 동시에 그 지층의 무늬를 옮겨 적은 기록이기 때문이다. 오늘을 사는 우리가 과거의 어떤 위대한 정신이나 영원한 아름다움과 만날 수 있는 것은 그것이 기록된 사건인 까닭이다.

모든 시간이 다 역사가 되지는 않는다. 어떤 시간은 너무나 사소하고 미시적이어서 기록되지 못하고, 또 어떤 시간은 고의적으로 누락되거나 은폐되는 방식으로 기록되지 않는다. 이처럼 역사가 현재를 구성하는 데 유리한 방식으로 과거를 취사선택할 때, 이경교의 문제의식은 거기서 시작된다. 역사란 승자의 기록, 살아남은 자들의 증언이라는 점에서 객관적 진실이 아닌 주관적 해석이 아닌가? 기록된 역사에 대한 그의 불신은 이미 오래전 깊어졌다. 한때는 "믿을 만한 사서"나 "오래된 수메르 문헌"을 뒤적이기도 했지만, 그 "낡은 사본" 때문에 청춘을 흘려보내고, "시력을 잃"고서야 "내 고향이 바닷가 모감주숲이라거나 사막여우에게/양육되었다는 건 모두 부풀려진 전설"(「소설처럼 1」, 제6 시집 『목련을 읽는 순서』, 2016)임을 깨달아 안 것이다.

> 화랑세기에 의하면 내 출생지가 사막이라고 기재되었으나
> 앞뒤 문장은 사나운 모래 폭풍에 유실되었고, 바다 저쪽
> 잎사귀 몇 개 숨겨 두었다고 적혀 있지요 파도에 밑을 씻는

모래섬이 남 몰래 받아 놓은 사생아였을까요

(중략)

안개는 배를 밀며 언덕을 가로지르고 신기루처럼 떠 있는
아파트숲 사이 물방울들이 버리고 떠난 구릉들
우리는 또 무얼 유실할 차례일까요
아비의 관 속에 들어 있던 짚신 한 짝, 이 돌연한
기록을 다시 뒤덮는 모래 폭풍

보이지 않는 벽 너머로 수 세기 저편의 바다에 닿을 때
내 출생신고서 앞뒤로 무수한 공란이 이어지고
누락과 여백의 통로를 더듬어 나가면, 숨겨 둔 잎새들
몰래 시들고

—「모래의 시」 부분(제5 시집 『모래의 시』, 2011)

"화랑세기에 의하면 내 출생지가 사막이라고 기재되었으나/앞뒤 문장은 사나운 모래 폭풍에 유실되었고, 바다 저쪽/잎사귀 몇 개 숨겨 두었다고 적혀 있"을 때, 이경교는 "기재"된 기록이 아닌 사나운 모래 폭풍에 유실되거나 바다 저쪽 숨겨진 이야기를 향해 눈을

돌린다. 그곳에 기록되지 않은, 기록될 수 없던 진실들이 있기 때문이다. 그 진실들은 우리가 분명히 살아냈으나 잃어버린 시간들로 깊은 물속에 잠겨 있고, 캄캄한 흙 속에 묻혀 있다. 그 진실들을 끄집어내 "무수한 공란"을 채우지 않는 한, 우리가 발 딛고 선 오늘은 고작 "신기루"에 불과하다고 시인은 말한다. 그는 우리에게 "또 무얼 유실할 차례"냐고 물으면서, "누락과 여백의 통로"를 더듬어 "보이지 않는 벽 너머"로 함께 갈 것을 촉구한다.

그 벽 너머에는 무엇이 있을까? "파뿌리같이 늙은 할머니와 대추꽃이 한 주 서 있을 뿐이었다"(서정주, 「자화상」)던 100년 전 미당의 노래가 들려오는 듯하다. "돌연한 기록을 다시 뒤덮는 모래 폭풍"이 지나가자 그곳엔 "등 굽어 발밑 푹푹 꺼지는 아버지"(「어둠, 길, 화석」, 제4 시집 『수상하다, 모퉁이』)와 옻나무가 한 그루 서 있을 뿐이다. 2003년 시집 『수상하다, 모퉁이』에서 사십 대 중반의 시인은 "역사에 등재될 수 없는 이름 없는 농부" 이우목(李愚穆, 1925~1998)을 호명한 바 있다.

시인의 아버지 이우목은 일제 강점기 조선에서 태어나 해방과 전쟁, 혁명, 유신독재, 산업화와 민주화를 온몸으로 살아냈다. 그러나 해방이나 전쟁, 혁명은 기록된 역사이므로 거기 그의 이름은 없다. 역사가 되지 못해 버려진 시간과 함께 폐기 처분된 수많은 아무개 중 한 사람일 뿐이다. 40년 가까운 시력詩歷 동안 변방의 비주류를 자처하며 지내 온 이경교에게 주류가 독점하는 역사란 프로파간다 소설이나 마찬가지다. 원래 진실은 말하여지지 않는 법이다. 그는 폐기된 시간, 함께 버려진 아무개들, 파묻힌 아버지를 진짜 역사의 무대로 끌어 올리려 한다. 아니다. 역사는 결국 낡은 사본이 되어 모래와 함께 유실될 따름이다. 역사가 감히 말할 수 없는 이야기를 우리는 전설이라고 부르던가? 이경교의 시는 역사가 아니라 신화다. 너무 비극적이어서 역사에 편입되기보다 차라리 신화가 되어 잊히기를 택한 이름 없는 농부의 삶과 죽음이 여기, 한 그루의 옻나무로 서 있다.

이경교는 이제 옻나무와의 대화를 시작한다. 문장마다 단어마다, 치명적으로 뜨겁고 가려운 피가 시인의 입으로 번질 때, 시를 읽는 우리의 내면에도 옻독이 흐른다. 흐르는 독으로 우리는 어둠을 씻고, 파묻힌 이들의 얼굴을 씻는다. 그들의 끈적거리는 한을 씻는다. 이경교의 시에는 화해와 씻김의 요령 소리가 행간마다 울린다. 소리가 점점 커질수록 우리는 민족이라는 집단과 한 몸이 되는 한 개인의 생애를, 마치 주

술처럼 읊조리는 비천한 신화를 듣게 된다. 그리고 그 때, 한 세기 전 잊혔던 어느 이름 없는 농부의 삶과 죽음이 바로 지금, 여기에서 시적 진실로 현재화된다. 그렇게 민족의 거시적 역사 위에서 개인의 미시적 신화가 일어선다.

아비는 죽은 사람이다 아버지는 입버릇처럼 말하곤 했다 징용에 차출되어 탈출할 때, 죽을 고비를 제대로 넘겼지 이제 나는 식민지인이 아니다! 기쁜 눈물이 마르기도 전 다시 6·25가 터진 거야 이번엔 인민군에 끌려가게 되었지 산기슭에서 단체로 똥을 누고 있었지 상상이 되니? 숲 그늘마다 빼곡히 앉아 똥을 싸는 청년들…… 내장까지 다 버리고 싶었지 외로움의 빛깔은 어스름 빛이란 걸 알았지 문득 눈앞에 옻나무가 환하게 서 있더구나 어스름이 등불로 바뀔 때도 있지 그게 뭘 의미하겠니? 마지막이라고 생각했지 옻나무 순을 꺾어 천천히 밑을 씻었단다 밑이 뜨거워진 건 옴이 내장을 적셨기 때문이지 내장인들 얼마나 놀랐겠니? 온몸이 불덩이였지 좁쌀 같은 발진이 혀와 동공을 뒤덮었을 때, 죽은 나를 버리고 그들은 떠났단다 그때 아비는 죽음과 내기를 한 거야 아비는 부활을 모르지만, 죽은 뒤 누가 내 이름을 부르는 소리는 들었지 마른 등불, 혹은 끈끈한 옻나무 진, 그 사이로 흐르는

하얀 목소리, 그 흰빛에 싸여 부활은 천천히 걸어왔단다

죽음에게 시비를 걸다가 호되게 당했지 불경스럽게 말
하자면 나는 우리 고을에서 최초로 부활한 농부였으니까
—「나는 죽은 사람이다」 전문

이 믿어지지 않는 이야기를 역사라고 부를 수 있을까? 역사는 이런 식으로 기록되지 않는다. 보편다수를 설득할 수 없기 때문이다. 이것은 차라리 신화다. 역사는 설득하지만 신화는 매혹하는 법이다. 이 신비하고 매혹적인 신화, 처절한 부활의 수기는 시인이 "흰빛에 싸"인 "하얀 목소리"를 받아 적은 기록이다. 아무나 들을 수 없는 음성이며 죽음의 문턱에 간 사람에게만 들리는 노래다. 시인은 기꺼이 영매가 되어 "죽은 사람"인 아버지의 목소리를 대언한다. 아니, 아예 아버지가 되어 저승과 이승을, 역사와 신화를 잇는다. 그는 이미 "나는 아버지보다 더 아버지가 되겠다"(「에게해」)고 선언하지 않았던가.

이경교의 시가 역사와 개인의 간극을 메우는 방식은, 역사라는 두터운 무덤 아래서부터 개인을 끌어 올려, 겉땅에 오른 그가 비와 바람과 햇살로 흙에 파묻힌 얼굴을 씻고 직접 말하게 하는 것이다. 그 순간 역

사라는 거시적 담론에 가려 보이지 않던 개인의 미시적 삶이 한 편의 영화처럼 선명한 색을 입고 입체적으로 재생된다. 그것은 '부활'과 다름없다. 「나는 죽은 사람이다」에서는 그 부활의 양상이 극적으로 나타난다. 시인의 아버지는 옻나무로 밑을 닦아 스스로를 죽음 직전에 이르게 함으로써 인민군에서 탈출했다고 한다. 이 드라마틱한 사건에서는 죽음과 삶, 독과 약, 어스름과 흰빛, 인간과 신이라는 양극의 거리가 좁혀지고 경계가 지워진다. 옻나무 독을 구원의 약으로 삼아, 마치 대출처럼 죽음을 잠시 빌려 와 삶을 얻은 아버지는 "우리 고을에서 최초로 부활한 농부"가 되는데, "좁쌀 같은 발진이 혀와 동공을 뒤덮었을 때" "죽은 뒤 누가 내 이름을 부르는 소리"는 신의 음성이었을지 모르나 수십 년 후 그가 정말로 죽음을 맞이한 후에 들은 부활의 호명은 신이 아니라 그의 아들, 시인이 외친 것이다.

> 그는 농부였을까 작가였을까 평생 농부였으나 생의 마지막 몇 해를 작가로 산 사내 징용에서 살아남고 인민군에서 도망친 남자, 징용으로 아내를 잃고 새 아내를 남겨두고 인민군에 끌려갔던 남편

옻나무를 사이에 두고, 사건을 반전으로 뒤집은 그의 드라마, 그가 사랑했던 옻나무 새순의 싱싱한 그 맛

생의 마지막엔 언어마저 잃고 스스로 침묵 속으로 걸어 들어간 사내, 살아남은 게 부끄러웠다고 그는 썼지 마치 브레히트를 읽은 사람처럼 그렇게 썼지 브레히트야말로 도피의 달인이었으니까 유태인 친구들이 차례로 죽어갈 때 신출귀몰, 동서 반구를 떠돌며 끝내 살아남아 「살아남은 자의 슬픔」을 썼으니까

일천 매의 수기가 끝났을 때, 더는 버틸 힘을 잃고 그는 원고지 위에 고개를 묻었지 길고 긴 한 시대가 저물고 있었지 그렇게 모든 게 끝이 났는가? 아아니, 비로소 이야기는 거기서 다시 시작되고 있었지

—「아버지 1925-1998」 전문

시인의 아버지, "역사에 등재될 수 없는 이름 없는 농부"는 "그냥 조센징이란 보통명사로 불렸"(「1925년생 1」)고, "징용에 차출되어 탈출할 때, 죽을 고비를 제대로 넘겼"으며, "기쁜 눈물이 마르기도 전 다시 6·25가 터진"(「나는 죽은 사람이다」) 시대의 비극을 온몸으로 겪어냈다. "징용에서 살아남고 인민군에서 도

망친 남자, 징용으로 아내를 잃고 새 아내를 남겨 두고 인민군에 끌려갔던 남편"인 그는 자신의 전 생애를 통해 끌려가고, 잃고, 도망치고, 살아남고, 다시 끌려가고, 잃고, 또다시 도망쳐야만 했다. 그것을 그저 탈출이라고만 명명할 수 있을까. 제국주의 식민지에서부터, 징용으로부터, 동족상잔으로부터 벗어나려 할 때마다 "눈병"(「눈병」)이거나 "옻독"(「붉은 강」)이라는 이름의 죽음이 개입했다. 역설적이게도 죽음 직전에 죽음이 그를 도와 삶으로 인도했다. 죽음을 반드시 전제로 한다는 점에서 "탈출의 다른 이름은 부활"(「1925년생 1」)인 셈이다.

그러나 생애 동안 수차례 부활을 해낸 육체가 마침내 완전히 멈추었을 때, "더는 버틸 힘을 잃고 아버지는 원고지 위에 고개를 묻었"다. "그렇게 모든 게 끝이 났"을 무렵, 아버지는 육체가 아니라 이야기로, 역사를 초월한 신화로 또다시 부활에 성공한다. "비로소 이야기는 거기서 시작되고 있"던 것이다. 혼자 부활하지 않고 "1945년 8월 12일, 징용 간 남편 따라 강물에 몸을 던진 큰어머니"(「아기나리」), "소화昭和 14년 봄, 열여섯 그 처녀 하고 싶은 것도 많았지 그때 끌려간 그 처녀"(「소녀상」), "그와 나, 우리들 각자"(「1925년생 2」)와 함께 되살아났다. 니코스 카잔차키스는 이렇게 말했다. "신이 만든 인간은 죽지만 내가 창조한 인간은 영원히 살 것"이라고.

> 나는 늘 저쪽이었네, 빈방에 내 몸을 가두고 유배를 떠나곤 했네 아무도 모르는 외로운 감옥은 정겨운 집이었네 떼 지어 몰려드는 사람들을 보네 패거리는 전쟁과 전염병을 불러온다고 경고한 이도 있지, 무리에서 이탈한 사자는 아무도 없는 산모롱이에서 쓸쓸한 죽음을 맞이하지
>
> 혼자 있으면 비로소 무리가 보이지 여러 가락의 바람결도 손에 잡히지, 나는 무리에 섞이지 못하네, 옻독에 취한 피가 자꾸만 곁길을 부르네
>
> 옻독이 내 피였네, 곁길이 내 집이었네
>
> —「곁길로 빠지다」 부분

이름 없는 농부는 이제 창조하는 피조물인 그의 아들에 의해 영원히 산다. 아버지는 죽음의식과 탈주 본능, 변방에 대한 편애라는 붉은 독이 되어 아들의 혈관 속을 무한히 흐른다. 이는 유전보다 더 지독한 감염이 아닌가? 감염은 타자의 본질적인 이질성에 동화되어 자기 존재의 본성을 새롭게 전환하는 '치명적 도약'

(옥타비오 파스)이므로 예술 행위의 은유가 된다. 시인의 평생은 어쩌면 예술을 모르는 아버지가 물려준 문학적 피, 그 붉은 독의 근원을 탐구하기 위해 모래 폭풍 속을 헤매 온 방랑이었는지도 모른다. 시는 죽음에 이르는 병이며, 죽음은 끝이 아니라 또 다른 시작이다. 그가 기웃거린 곁길은 죽음으로 이어지는 길 같아 보여도 실은 새로운 세계로 향하는 통로였던 것이다. 그의 아버지가 옻독을 이용해 인민군이라는 전체주의에서 탈출한 것처럼 시인은 반골의 피를 동력으로 중심과 주류에서 끊임없이 이탈해 왔다.

중심에서의 이탈은 곧 그늘을 향한 편애로 이어졌다. 이경교는 평생토록 소외되고 폐기된 것들에 가치를 부여해 온 시인이다. 아버지로부터 물려받은 반골의 피는 그에게 "모든 이야기의 뒤안으로 돌아가 보면 늘 쇠잔한 햇살과 하오에 관한 풍문이 숨어 있"(「햇살 환한 오후」)음을 알려 주었다. 그는 본능적으로 "수줍음을 온몸에 감싸고 있어 사람 눈에 들키지 않"는 것들, "숲 그늘에 몸을 숨기고 밤낮없이 두근거리"는 것들, "미세한 바람결에도 경련을 일으키"면서 "두려워 자꾸만 두리번거리"는 것들을 향해서 기울어진다. 그리고 그 소외된 것들, 폐기된 것들, 그늘에 방치된 것들에서부터 "눈을 찌르는 낯선 초록"(「아기나리」)을 기어코 발견해낸다. 그의 산문집 제목을 빌리자면, '낯선 느낌들'이야말로 예술이 창조할 수 있는 최고의 가치가 아니던가? 소외되고 폐기된 것들이 돌연 "눈을 찌르는 낯선 초록"이 될 때, 시인은 그 미세하고 수줍고 두근거리고 두려워하는 것들을 향해 외친다. "내가 바로 너였구나"(「새알꽃」)라고.

젊은 날 시인은 이미 "아버지와 나는 정말 옻나무로 이어진 걸까, 뜨거운 핏속에 붉은 독을 숨긴 사이일까/나는 왜 피가 뜨거워 헐떡이는 걸까, 밤마다 서성여야 할 운명에 처한 채"(「붉은 독」) "옻독은 언제까지 내 안을 흘러 다닐까"(「붉은 강」) 질문했다. 그리고 그 답으로, 옻나무 독이라는 운명은 그에게도 죽음과의 내기를 제안했다.

> 그가 겨울 무인도에서 구조된 건 폭설이 시작되던 밤이었다 밤 파도가 으르렁거리고 있었다 눈발이 무채색 꽃송이처럼 검은 바탕에 점을 찍고 있었다 은박지 가루 같은 눈발을 헤치고 통통배 한 척 지나갔다 그가 구조신호를 보냈지만 못 본 것 같았다 그래서 그도 그 배가 하얀 환영이라고 생각했다 온몸이 젖어 있었다 아픈 맨발은 칡빛으로 물들었다 펜을 조각칼처럼 쥐고 곱은 손으로 젖은 수첩 위에 그는 썼다 나는 자살이 아니다

낯선 새가 다가오고 있었다 큰 깃을 가진 은빛 새, 새는 그를 향해 다가왔지만, 거리가 조금도 좁혀지지 않았다 언 입술을 움직여 그가 뱉어낸 마지막 말은 아, 저승 새!

너무 춥다고 느낀 순간, 따스함이 몰려왔다 따스함은 몸의 안쪽으로부터 증기처럼 피어올랐다 그는 그 따스함이 잠이란 걸 알지 못했다 어부들이 그의 따스한 잠을 흔들었을 때, 그는 몸을 공처럼 말고 잠들어 있었다고 했다 그 아비의 아들, 그도 그때 죽은 사람이었다

그래, 나는 내 아버지였고 내 아들이었다

—「따스한 잠」 전문

스무 살 무렵 시인은 무인도 탐사 중 조난당했다가 극적으로 구조된 바 있다. 위의 시는 바로 그 "폭설이 시작되던 밤"의 기록이다. 저체온증과 탈진으로 의식이 희미해지자 수첩에 "나는 자살이 아니다"라는 유서를 적은 그는 이내 "따스한 잠"에 빠졌다. 유사 죽음의 형식으로 잠에 든 "그도 그때 죽은 사람이었"다. "몸을 공처럼 말고 잠들어 있었"기에 체온을 유지할 수 있었을까? 저승이 그를 징용해 가려 할 때 "어떻게

든 이곳을 벗어나야 해! 지워진 몸의 다른 부위들이 사진 밖에서 외치는 소리"(「가족사진」)를 들었는지도 모른다. 어부들에 의해 구조됐을 때 그는 죽었다가 살아난 사람, 시체의 체위를 빌려 와 부활에 성공한 "내 아버지였고 내 아들이었"다.

"『티벳 사자의 서』에 따르면, 우리가 사후에 보게 되는 모든 것은 우리의 마음에서 투영된 환영에 불과하다. 죽음이라고 하면 육체적인 몰락, 호흡의 정지를 대뜸 떠올리지만, 사실 죽음이란 영혼이 급박하게 변화된 어떤 경지다. 이런 상징적 죽음의 중간 상태를 바르도Bardo라 부르는데, 이것은 마치 빙의 상태처럼 은유와 상징, 그리고 환상이 지배하는 차원"[1]이라는 사실을 그때 알았기 때문일까? 무인도에서 구조된 시인은 바르도와 마찬가지인 은유와 상징, 환상의 차원인 시 쓰기의 세계, 죽음과도 같은 예술 창작의 고독 속으로 걸어 들어가 스스로 조난당하는 삶을 택했다.

시인 또한 자신의 생애에서 혁명과 유신, 세기말을 겪었으나 그에게 있어 진짜 비극은 중심과 주류라는 획일화된 욕망, 기성의 상투성, 편협한 대중추수주의였으리라. 거기서부터 이탈하는 것이 누군가에게는 죽음이겠지만, 중심에서 이탈한 예술가에게 내려지는 사망 선고는 곧 부활의 나팔 소리다. 시인의 아버지는

"옻나무를 생명나무라고 불렀"(「옻나무」)다.

좁교란 이름은 종교와 비슷하지만, 경교와도 같은 돌림자다 물론 좁교는 내 동생이 아니다 네팔 산간 오지 야크와 물소의 튀기가 좁교다 좁교는 평생 일만 하도록 만들어진 노동 기계다 노동 기계? 그럼 좁교는 정말 나를 닮았나? 좁교는 번식을 할 수 없는 돌연변이다 짐을 산처럼 잔뜩 싣고 저기 좁교가 간다 좁교는 사랑을 위해 사는 게 아니다 순한 눈망울 굴리며 거친 숨 내뿜으며 좁교는 일만 하다가 죽는다

왜 좁교는 하필 나와 같은 돌림자인가 그런데 그게 무슨 상관인가 하지만 어느 땐 내가 짐을 잔뜩 지고 산비탈을 오른다 나는 좁교가 아닌데 어깨가 무겁다 짐도 지지 않았는데 숨이 차다 좁교는 핏줄처럼 내 곁에 붙어 있다 좁교는 꿈길까지 나를 따라다닌다 좁교는 들리지 않는 내 울음이다

저기 내가 울면서 비탈길을 오른다 무게에 짓눌려 어깨가 휘었다 눈물 그렁그렁, 좁교의 슬픈 눈이 나를 바라본다 내가 좁교를 보며 눈물을 흘리듯 좁교는 나만 보면 운

---

1 이경교, 『푸르른 정원』, 두남, 2004, 7쪽.

다 우리의 눈물은 투명하게 번져 서로의 볼을 적신다

—「좁교가 간다」 전문

농부 아버지로부터 '죽음—부활—탈주—변방'을 물려받은 시인 아들은 활자 중독자, 은유 중독자, 상징 중독자가 되었다. 그리고 그 여러 이름의 운명을 '나무 중독자'로 통합했다. "내 몸속에선 옻나무가 자란다 아비가 흘려 놓은 옻독이 핏속을 흘러 다닌다, 내가 나무속에서 빠져나오지 못하는 연유"(「나무 중독자」)를 일찍이 알아차린 그는 평생 나무가 좋아 산에 오르고, 나무로 만든 연필과 종이를 쥐고 시를 쓰고, 나무들의 수런거림을 쫓아 이국의 오지를 헤매기도 했다.

위 시에서 시인은 "네팔 산간 오지 야크와 물소의 튀기"인 "좁교"에게서 그 자신, 예술가의 숙명을 발견한다. "경교와도 같은 돌림자"인 "좁교"를 "꿈길까지 나를 따라다니"는, "들리지 않는 내 울음"이라고 시인이 말할 때, "평생 일만 하도록 만들어진 노동 기계"이자 "일만 하다가 죽는" 좁교는 곧 평생토록 글을 써야 하는 문장 노동자, 그것이 역사이든 신화이든, 삶이든 죽음이든, 희망이든 절망이든 간에 세계의 모든 풍경과 인간의 실존 양상을 기록하고 재현해야 할 예술가의 메타포가 된다.

좁교처럼, 시인도 평생 동안 시의 산비탈을 올랐다. 상징과 은유, 관념 들을 짊어지고, 아무리 올라도 닿을 수 없는 언어의 산정山頂을 향해, "무게에 짓눌려 어깨가 휘었"지만 "순한 눈망울 굴리며 거친 숨 내뿜으며" 기어이 몇 개의 능선을 넘어왔다. 그리고 그는 이제 저 까마득한 높이에서 우리에게 '겹시'를 외친다. 이 시집은 겹시의 메아리다.

2. 겹시를 위하여

코로나19 바이러스는 인류로부터 많은 것을 앗아갔다. 전 세계에서 수많은 사람이 목숨을 잃었다. 이탈리아에서는 시신을 안치할 시설이 부족해 성당들마저 주검으로 가득 찼다. 에콰도르는 상황이 더 심각해서 최대 도시인 과야킬 길거리에 사망자들이 누운 관이 마치 쓰레기처럼 여기저기 널브러졌다. 국가 간 입국과 출국이 금지되고, 사회적 격리로 인해 인간과 인간의 교류가 단절됐다. 각 국가와 민족, 서로 다른 문화권의 개별성이 코로나라는 비극적 동일성으로 통합되면서 인류는 다원주의pluralism 시대에 잠시 잊었던 '동시성'을 기억해냈다.

그러나 이 '팬데믹pandemic' 사태에도 미국 플로리다 해변에서는 파티가 벌어지고, 대만에서는 프로 스포츠가 개막했으며, 대한민국은 국회의원 선거를 안전하게 치렀다. 코로나라는 동시성 속에 다발적으로 나타나는 삶과 죽음, 비극과 희극, 절망과 희망의 양상을 바라보면서 인류는 세계주의cosmopolitanism 시대에 망각했던 '다중성' 또한 떠올려냈다.

인도 바라나시 갠지스 강가의 화장터에서 개들이 사람 손발을 물고 다니는 동안 LA 유니버셜 스튜디오의 손발 전문 모델은 광고 한 편에 수억 원을 번다. 두 손발은 같은 손발이면서 다른 손발이다. 서로 멀리 떨어진 장소들에서 동시에 똑같은 일들이 일어나고, 또 한 공간에서 동시에 다른 사건들이 발생한다. 인간은, 세계는 이처럼 동일한 시간 안에 복잡하고 다단하다. 이는 우주의 구성 원리이자 디지털 문명의 속성이고, 현대인들은 이 동시성과 다중성을 이미 삶 안으로 불러들였다. 우리는 스마트폰으로 우크라이나 키예프에 몇 명의 전사자가 발생했는지 확인하면서 광화문 교보문고의 도서 재고를 파악한다. 그러면서 동시에 국세청 어플리케이션에 접속해 근로장려금을 신청하고, 경남 진해의 어부에게 자연산 회를 주문하고, 할리우드 스타의 SNS에 댓글을 단다.

이경교는 이 동시성과 다중성을 21세기의 특징이

자 새로운 시대를 주도하는 인식소로 보았다. 그러면서 이 시대적 특성을 담아낼 시적 담론으로 우리에게 '겹시'를 제시한다. 겹시의 핵심은 시와 소설, 서정과 서사, 현재와 과거, 역사적 사실과 신화, 삶과 죽음, 찰나적 현현과 항존하는 풍경들, 아우라와 재현 등 서로 반대되는 국면들을 하나로 결합하는 것이다. 동시성과 다중성을 내포한 겹시가 새로운 시의 양식이 될 때 서정시, 모더니즘 시, 참여시 등 장르로 규정된 기존의 시들은 '홑시'가 된다. 이경교는 이 홑시를 경계하며 장르 간의 장벽, 나아가 현실과 환상의 간극을 무화시키고자 한다.

이러한 시도는 일찍이 서정주가 『질마재 신화』에서 전근대적 농경사회 공동체의 범속하고 일상적인 풍경을 신화화神話化한 작업과는 결이 다르다. 지역사회에서 오랫동안 구전되어 온 속설과 민담을 각색한 미당과 달리 이경교는 아예 새로운 이야기를 창조해내기 때문이다. 그 과정에서 역사에 등재될 수 없는 평범한 개인의 삶이 시간과 공간을 넘어 역사와 전설, 신화에 편입되어 독자적 이야기를 구축하는 것이 겹시의 특징이다. 한편 복잡다단한 이미지들의 유기성을 통해 중층적 은유를 구사하며 '이미지의 겹'을 층층이 쌓는 데 천착해 온 송재학의 시 세계와 비교했을 때, 이경교의 겹시는 '시간과 공간의 겹'을 두텁게 하여 상상력의 볼륨감을 최대한 확장한다는 점에서 다르다. 전자를 '입체적 감각의 시'라고 한다면 후자를 '입체적 상상력의 시'라고 부를 수 있을 것이다. 하지만 겹시는 이러한 규정마저 거부한다. 겹시는 기존의 관념이 쉽게 판단하거나 분류할 수 없는, 시가 거느린 모든 경계의 바깥을 거처로 삼는 까닭이다.

"묻지 마라, 나는 아우를 죽였다"고 선포한 「소설처럼 1」(제6 시집 『목련을 읽는 순서』)에서, 시인의 상상력이 구약성서의 형제 살인 모티프와 수메르 문헌, 메소포타미아 신화, 중국 고대문명, 신라 삼국유사를 종횡하며 '에덴의 동쪽'과 티그리스강, 타클라마칸 사막, 산둥반도, 충남 태안 안면도로 연계되는 수천 년 시공을 단 스무 줄의 시 안에 펼쳐 놓았을 때, 시인은 "마치 음속을 돌파하는 전투기처럼 그 먼 시공을 단숨에 돌파하는 그 놀이는 나를 매료시켰다"고 고백한 바 있다. 이경교는 겹시의 초월적 이동성을 초음속 전투기에 비유했지만, 서로 다른 시공간을 잇거나 혹은 동일한 시공간의 여러 국면을 연결한다는 점에서 겹시는 웜홀worm hole의 원리를 이용한다. 아직 그 존재가 증명된 바는 없지만, 수학적 이론에 따르면 웜홀은 블랙홀과 화이트홀을 연결하는 우주 시공간의 통로로 성간 여행과 시간 여행을 가능하게 한다. 이 수학적 가설에서 웜홀의 입구는 블랙홀인데, 블랙홀은 극단적 수축으로 밀도와 중력이 무한 증폭해 빛을 포함한 모든 것을 빨아들인다. 반면 웜홀의 출구인 화이트홀은 모든 것을 내어놓는다. 블랙홀의 극단적 수축과 고밀도, 흡인력이 시의 특성이라면 화이트홀의 이완과 배출(카타르시스), '출구'라는 목적성은 소설의 특성이라 할 수 있다. 블랙홀과 화이트홀을 잇는 웜홀처럼, 이경교는 시와 소설을 연결하는 통로로의 겹시를 꿈꾼다.

그는 "소설처럼 펼쳐지는 새로운 시의 행로, 가장 압축되고 세련된 형태의 서사"(「겹시를 위하여」, 계간 《문파》, 2020년 여름호)를 선보이고 있다. 그것을 압축된 소설이자 이완된 시라고 부를 수 있겠지만, 설명을 걷어낸 겹시라는 명명은 얼마나 매혹적인가. 시공을 넘나드는 광대한 서사를 시적 수축으로 짧은 행간 안에 흡입하고, 소설적 이완을 통해 관념이나 아포리즘 대신 이야기성을 극대화하는 겹시는 걸으면서 춤추기, 순간에 머물면서 이동하기를 동시에 달성한다. 발레리는 시를 춤으로, 산문을 보행으로 비유하면서 춤은 그 행위 자체가 목적이고, 보행은 대상(메시지)으로의 도달을 목적으로 한다고 말했는데, 이번 시집에서 각 시행의 문장들은 따로 독립해도 개별적 시편들이 될 수 있을 만큼 팽팽한 시적 긴장을 유지한 채 이미지화되고, 그 이미지들의 유기적 연결은 여러 시공을 넘나드는 이야기를 발생시키며 낯설고 황홀한 신화적 상상력, 어느 하나로 규정되지 않는 다중의 메시지를 향해 나아간다.

> 모래 산은 알 수 없는 문자들로 쓰였다 많은 이들이 해석에 도전했지만 허사였다 누군가는 해독에 이르기도 전 시력을 먼저 잃었다 페이지를 넘길 때마다 글자들은 지워졌다 누군가 섬광처럼 한 행을 붙잡는 순간, 글자들은 모두 불타 버렸다 신비로운 내용을 발설한 이들은 모두 죽고 없으며 그들의 말도 남아 있지 않다 모래 산엔 새들의 언어나 전갈의 속삭임이 기록되었다는 것만 알려졌을 뿐이다
>
> 모래가 빛과 그늘을 나누는 동안, 모래 산엔 긴긴 빗금이 그어진다 빗금 사이로 모래의 고저장단이 새겨진다 모래 산은 낯선 노래가 된다 햇살을 한 짐 끌고 와 그늘 쪽에 부려 놓으면 사막은 울음으로 그슬린다 모래 산은 말이 없다 어둠은 무거운 침묵 속으로 스며든다 스며들어 스스로 깊어진다
>
> —「모래 산」 부분

「모래 산」에서 시인은 사물의 형태를 지우고, 삶과 죽음을 지우고, 현재와 과거를 무화시켜 시간을 지우고, 그 모든 소멸의 양상을 기록하려는 인간 언어마저 지워 버리는 모래에 대한 다층적 상상력을 펼쳐 보인다. 액체처럼 유동하며 공간과 시간에 붙들리지 않는 '모래 산'은 시인에게 일찍이 "알 수 없는 문자들로 쓰"인 책이 되었다. 앞에 언급한 제5 시집 표제작 「모래의 시」에서 "앞뒤 문장은 사나운 모래 폭풍에 유실"된 그 책의 "누락과 여백의 통로를 더듬어 나가"는 것을 시업의 과제로 삼겠다고 이미 예고한 바 있지 않은가?

"언덕 너머로 모든 게 숨어 버린 순간, 이야기를 시작한 책"은 말라르메가 꿈꾼 '절대의 책'이 아니다. 말라르메는 언어의 절대성을 믿었지만, 이경교는 상대성과 일회성, 기화성이라는 언어의 한계에 '눈멂'과도 같은 좌절을 겪으며 그 불가능성을 일찍이 수용했다. 그러나 다행히도 시인은 눈멂의 순간 새로운 세계가 열리는 것을, 기존의 인식과 관념이 불타거나 죽어 없어져 더 이상 남아 있지 않게 될 때 비로소 "모래 산엔 긴긴 빗금이 그어지"는 것을 "벌써 수 세기 전" "모래밭을 지나가"며 체험했다. 이는 전생이나 선험적 체험이 아니다. 모래밭은 타클라마칸이나 고비 사막 또는 사하라, 태안 신두리 사구일 수도 있고 이 세상에

존재하지 않는 곳일 수도 있다. 겹시는 시간과 공간이 마구 뒤섞인 5차원 상상력을 모태로 삼기 때문이다.

2연에 펼쳐진 이야기들을 따라가다 보면 이슬람 세밀화가들의 '눈멂'—『내 이름은 빨강』(오르한 파묵)에서 화원장 오스만이 "모든 장인 세밀화가들에게 신의 은총처럼 다가오는 벨벳 장막 같은 어둠"이라고 말한— 전설이라든가 수수께끼를 맞히지 못한 이들을 잡아먹는 스핑크스 신화, 읽는 이에게 우주의 원리를 깨우쳐 주나 책을 펼친 이마다 결국 죽음에 이르게 하는 이집트 신 '토트'의 '에메랄드 책' 기담奇談, 3세기경 로마 군대에 의해 70만 권의 파피루스 두루마리 책이 불타 버린 고대 알렉산드리아 도서관의 역사적 사실 등 온갖 신화와 전설, 역사의 은유적 장면들과 만나게 된다. 시인은 신화와 역사의 모티프들을 고밀도로 수축시켜 독자를 빨아들이고, 독자들이 시공을 넘나드는 여행 끝에 화이트홀에서 배출되듯 입체적 서사의 출구로 빠져나오는 순간, 현상 세계의 모든 상像을 지우고 오직 "새들의 언어나 전갈의 속삭임"만을 남겨 두는 책의 정체에 대해 슬며시 귀띔해 준다. 해독 불가능성으로 오히려 무한한 해석의 가능성을 부려 놓는 "모래 산은 낯선 노래가 된"다는 것을, 시는 의미가 아니라 노래라는 사실을 말이다. 모래 산이 결국 '모래의 시'임이 밝혀질 때 우리는 한 편의 메타시가 얼마나 여러 겹의 입체적 담론이 될 수 있는지 목격하게 된다.

이경교는 의미가 대상을 구속하는 횡포에 오랜 세월 저항해 왔다. '모래'는 기표의 폭력에 대한 시인의 미학적 응전을 함축하는 상징이다. 일정한 형태를 유지하는 일이 없이 지속적으로 변화한다는 점에서, 모래와 물은 모두 유체이다. 언어 역시 유체의 속성을 지녀야 한다. 대상을 붙잡아 두는 확정형의 언어, 고착된 하나의 전형성과 형식은 빠르고 유연한 유동적 인식소를 요구하는 동시다중성의 시대에서 녹슨 고철덩어리일 뿐이다. 지그문트 바우만은 이 시대를 '액체근대'라고 부르지 않았던가? 제5 시집 『모래의 시』에서 시인은 "보았다고 말하지 마, 네가 본 건 내가 아니야 알려고도 하지 마 나는 이름을 잊었어 내 이름은 머물지 않아, 나는 그냥 은주발에 담은 눈이야"(「숨은 폭포」)라고, 폭포의 입을 빌려 '이름'이 결코 대상의 본질을 규정할 수 없음을 주장했다. '이름'에 대한 시인의 불신과 부정은 「이름을 묻다」에서 새와의 대화라는 흥미로운 사건을 통해 다시 한번 나타난다.

새가 나에게 말을 걸어 왔을 때, 처음엔 알아듣지 못했다 그냥 울음을 운다고 생각했다 중국 창저우 외국인 아파트 202호에 거주한 후, 두 번째 학기를 맞이하던 어느 봄날 새벽이었다 낯선 새 한 마리가 창틀에 앉아 울었다 새는 날마다 그 시간이면 날아와 울었다

그래그래, 잘 잤니? 또 왔구나 나도 반가운 인사로 새를 맞이했다 새는 한참을 뭐라 이야기했다 그때 문득 저 새도 나처럼 혼자가 아닐까 생각했다 나는 보았다 전에 없이 호기심으로 빛나는 새의 작은 눈을, 새는 우는 게 아니라 묻고 있었다 이, 이름이, 뭐야? 그렇게 울고 있었다 내 이름은 어떻게 답해야 하나? 나는 이경교야, 아니 리칭자오야! 새는 따지듯 더 극성스럽게 울어댔다 이름이 나를 대신할 수 있을까? 나는 이름이 없어! 나는 그냥, 아무도 아닌 자야 이젠 네가 부르고 싶은 대로 부르렴

—「이름을 묻다」 부분

한 편의 아름다운 우화로 읽히는 이 시에서 "이름이 나를 대신할 수 있을까? 그럴 수 없다는 생각이 들었다. 나는 이름이 없어! 나는 그냥 아무도 아닌 자야 이젠 네가 부르고 싶은 대로 부르렴/새는 거르지 않고 새벽 창가로 날아왔다 대화도 점점 깊어져 갔다"는 대목은 신이 미물의 모습으로 수도자에게 나타나 진리

를 깨우쳐 주는 신화 속 이야기를 연상케 한다. 평범 한 새 한 마리가 평범함이라는 외피를 벗고 진리의 얼굴을 보여 주는 현현顯現, 시인은 한 계절 동안 새와 대화한 에피파니epiphany의 순간들을 "새의 책이라 이름 붙인 어느 노트에 빼곡하게 적"어 두지만 "먼 훗날, 누군가 그 노트를 펼쳤을 때 그곳엔 조곡이란 장정만 남아 있을" 거라고, "얼굴 없는 새 한 마리 나래를 치고 날아오를" 거라고 예언하면서 '새의 책' 명명과 노트 필사로 시도된 언어적 복제가 새와의 대화라는 원본의 아우라aura를 결코 재현해낼 수 없음을 강조한다.

외팔이 아저씨는 말처럼 빨랐다 항상 뛰어다녔다 문필봉 산꼭대기를 깨금발로 뛰어올랐다 동에 번쩍 서에 번쩍 했다 방앗간 앞에서 봤는데 금세 학교 앞에 서 있었다 그가 축지법을 쓴다고 말하는 이도 있었다 그러나 아저씨가 우리의 우상인 게 그 때문은 아니었다

아저씨는 6·25 때 한쪽 팔을 잃었다 그쪽 옷소매가 항상 바람에 나부꼈다 영어 선생님보다 영어를 더 잘했지만 산수 실력이 최고였다 숙제 걱정은 없었다 아저씨 집 마루는 우리의 공부방이었다 아저씨는 우리가 숨겨 놓은 보

물이었다

아저씨는 전쟁 없는 세계를 노래했다 그의 호소는 우리의 심금을 울렸다 학교가 파하면 우리는 그의 수업을 들으러 갔다 학교보다 더 좋았다 아저씨가 말했다 사랑은 사랑을 낳고, 미움은 미움을 낳는단다 남을 미워하면 자기가 먼저 미워진단다 산과 바다가 아름다운 건 마음이 예쁘기 때문이지 그들이 남 탓하는 거 보았니? 나는 이 사상을 얻기 위해, 한쪽 팔을 바쳤단다 스승 앞에 팔뚝을 끊어 바친 혜가慧可처럼!

내가 고향을 떠난 뒤, 흰 눈 위에 피를 토하고 아저씨는 죽었다고 했다 마침내 붉은 눈[雪]을 내리게 했던 혜가의 팔뚝처럼! 아저씨는 눈 위에 붉은 문자를 남겼다고 했다

—「외팔이 아저씨 1」 전문

"의미와 이야기의 공존"은 이경교가 선언한 겹시의 요체다. 그는 현실과 환상의 벽을 허물고, 역사와 개인의 틈을 메우며, 의미와 이야기가 함께 공존하는 새로운 시의 양식을 보여 주고 있다. 「외팔이 아저씨 1」에서 '외팔이 아저씨'에 대한 화자의 개인적 기억은 한국전쟁이라는 비극적 역사와 서로 껴안는데, 화자의 회

고는 짧은 한 편의 시를 V.S. 나이폴의 『미겔 스트리트』와 같은 자전적 소설처럼 읽히게 한다. "동에 번쩍 서에 번쩍" 외팔이 아저씨는 유년의 화자에게 홍콩 무협영화 〈의리의 사나이 외팔이〉나 북유럽 신화의 외팔이 신 '티르'처럼 보였을 것이다. "전쟁 없는 세계를 노래"할 때면 존 레논이나 밥 딜런이 되고, "사랑은 사랑을 낳고, 미움은 미움을 낳는다"고 가르칠 땐 산상수훈을 전파하는 예수가 되었으리라. 1960~70년대 산업화시대에 비천한 아브젝트abject적 존재인 상이용사 외팔이 아저씨는 "흰 눈 위에 피를 토하고" 죽음으로써 "팔뚝을 끊어 (…) 붉은 눈을 내리게 했던 혜가"로 성화聖化된다. 혜가와 외팔이 아저씨는 모두 시인의 사상적 스승이다. 한 사람을 성인聖人으로, 다른 한 사람을 비참한 불구로 확정해 버린 역사와 개인의 불공정한 간극을 시인은 두 사람의 동일시를 통해 화해시킨다.

의미와 이야기의 공존을 통해 역사와 개인의 간극이 좁혀질 때, 외팔이 아저씨가 "우리의 우상"이자 "우리가 숨겨 놓은 보물"이 되는 것처럼, 망각과 패배라는 이름으로 떠도는 온갖 것들의 돌연한 부활이 이경교의 시에서 이루어진다. "세 살 때, 전쟁 같은 홍역을 앓고 말을 잃"(「진로眞露 2」)은 "벙어리 진로"(「진로眞

露 1」)는 “순한 눈빛”과 “침묵의 언어”로 “날개를 다친 새를 거두어 새와 대화를 나누”는 “시인”이 되고, 말더듬이인 “더더쟁이 아저씨”는 “허공을 나는 새들까지 뒤를 돌아보게 만드”는 “저승의 소리꾼”(「더더쟁이 소리꾼」)이 된다. 패자이자 소수자, 불구적 존재인 벙어리와 말더듬이가 각각 사물의 본질을 꿰뚫어 보는 시인, 저승까지 상두가 소리를 뻗치는 초월적 샤먼이 될 때, “울음이 노래였”던 “곡비”(「곡비哭婢 여자」), “강물위에 몸을 던진” “큰어머니”(「큰어머니」), “젊은 날 남편을 떠나보내고 한창때인 아들딸도 앞세웠”던 “당숙모”(「여치 당숙모」) 등 지상에서 지워진 이들이 “유령들의 잔칫날”(「순사와 유령」)처럼 함께 되살아난다. 바로 이때 이경교의 시는 “선창을 뒤이어 어이어이어하! 느릿느릿 후렴으로 이어지는 합창, 그 코러스”(「출렁출렁」)가 된다. 부활의 노래다.

> 서 계신 모습 오랜만에 뵙네요, 그래 쓰러지기 전의 모습이지, 아버지가 아니라 그림자가 말하는 것 같아요, 누구나 그림자를 데리고 다니지, 구름 속에 있는 기분이라니까요, 얘야 산다는 건 구름 속을 걷는 일이란다, 그런데 어떻게 오셨어요? 아니 근처를 지나는 중이었지 나도 꿈을 꾸고 있었나 봐, 하실 말씀이라도 있으세요? 그때 징용

이 내 아내를 앗아 갔어, 그건 제발 잊으세요 아버지, 아니야 죽어도 못 잊는다는 말도 있잖니? 인민군에 끌려간 얘기는 오늘도 남겨 둬야겠구나, 그래요 아버지, 아무래도 다시 오긴 어렵겠지 요샌 꿈도 안 꿔지니 말이야, 살펴 가세요 아버지, 오냐 구름을 잘 골라 디디렴 슬픔이 구름을 부풀리니까 구름은 모든 걸 덮으니까

환한 햇살 속으로 아버지가 돌아선다 아버지가 먼 길을 간다 그림자를 남기고 아버지가 햇빛 속으로 스민다 그림자가 증발한다

—「이상한 대화」 부분

"죽은 사람의 육체는 부재하는 현존이며, 현존하는 부재이다"라던 김현의 말을 떠올려 본다. 20여 년 전에 세상을 떠난 시인의 아버지는 부재하는 현존이자 현존하는 부재로 시인 앞에 나타난다. 돌아가신 아버지와의 대화를 기록한 「이상한 대화」는 마르케스의 『백 년 동안의 고독』에서 산 사람인 호세 아르카디오 부엔디아와 죽은 자인 푸르덴시오 아길라르의 대화를 연상케 한다. 마르케스의 기법은 마술적 사실주의라고 불리지만, 이경교의 기법은 마술적 사실이다. 초현실적 픽션을 팩트처럼 보이게 하는 것이 아니라 팩트

를 환상적 픽션의 구름 속으로 집어넣기 때문이다. 구름 속에서는 현실과 환상의 윤곽이 흐릿해지고, 경직된 팩트에 습윤한 낭만적 서사가 스며든다. 그때 이야기가 거느린 호기심과 상상력은 뭉게뭉게 부풀어 오르고, 낯선 해석의 가능성이 수만 개 물방울로 맺혀 금방이라도 떨어져 내릴 듯 무거워진다.

"언젠가 번개에 불을 켜야 할 사람은 오랫동안 구름으로 살아야 한다"던 니체처럼, 시인은 오늘도 "구름 속에 있"다. "구름 속을 걷는"다. 그러나 이제껏 숱한 미학적 갱신에 의해 여러 번 다시 태어나 온 시인은 "구름을 잘 골라 디디렴, 슬픔이 구름을 부풀리니까, 구름은 모든 걸 덮으니까"라는 아버지의 말씀을 빌려 구름 속의 자신에게 한 번 더 당부한다. 대중들의 오독과 오해의 소지를 철저히 배제해야 한다고, '겹시'는 종착지가 아닌 기착지가 돼야 한다고. 겹시의 완성과 겹시 너머 또 새로운 시적 담론에의 시도를 기다리면서, 우리는 잘 고른 구름 위로 발을 내딛는다. 겹겹이 층을 이룬 적란운, 구름인 줄 알았는데 블랙홀이다. 모래바람과 함께 우리는 빨려 들어간다. 지금은 어제인가 내일인가. 여기는 어디인가. 시공이 혼재된 차원 안에서 세계는 더없이 매혹적이어서, 시인처럼 우리도 집단축제가 벌어지는 저 땅으로는 다시 추락하지 않을 것이다.

"그와 나, 우리들 각자"(「1925년생 2」)는 모두 죽은 사람들이다. 기성의 관념과 유행, 주류와 중심의 획일화된 욕망에서 이탈하는 것을 세상은 낙오나 실패라고 부른다. 누군가는 그것을 죽음이라고 부르기도 하겠지만, 아니, 변방이야말로 영원히 사는 길이다. 말러 2번 교향곡 〈부활〉 5악장의 합창 소리가 들려오는 듯하다. "나는 살기 위해 죽으리라, 나는 부활하리라! Sterben werd' ich, um zu leben! Aufersteh'n, ja aufersteh'n!"

나는 죽은 사람이다
2023년 2월 17일 1판 1쇄 펴냄

지은이 이경교
펴낸이 김성규
편집 김안녕 한도연 강서영
디자인 신아영
펴낸곳 걷는사람
주소 서울 마포구 월드컵로16길 51 서교자이빌 304호
전화 02 323 2602
팩스 02 323 2603
등록 2016년 11월 18일 제25100-2016-000083호

ISBN 979-11-92333-64-9 04810
ISBN 979-11-89128-01-2 (세트)